Deseo®

COMO UN HURACÁN

Roxanne St. Claire

HARLEQUIN®

Editado por HARLEQUIN IBÉRICA, S.A.
Hermosilla, 21
28001 Madrid

COMO UN HURACÁN, Nº 1315 - 14.7.04
Título original: Like a Hurricane
Publicada originalmente por Silhouette® Books.

I.S.B.N.: 84-671-1864-4
Depósito legal: B-25130-2004
Editor responsable: Luis Pugni
Diseño cubierta: María J. Velasco Juez
Composición: M.T. Color & Diseño, S.L.
C/. Colquide, 6 - portal 2-3º H, 28230 Las Rozas (Madrid)
Fotomecánica: PREIMPRESIÓN 2000
c/. Matilde Hernández, 34. 28019 Madrid
Impresión y encuadernación: LITOGRAFÍA ROSÉS, S.A.
c/. Energía, 11. 08850 Gavá (Barcelona)
Fecha impresion para Argentina:6.7.05
Distribuidor exclusivo para España: LOGISTA
Distribuidor para México: CODIPLYRSA
Distribuidores para Argentina: interior, BERTRAN, S.A.C. Vélez Sársfield, 1950. Cap. Fed./ Buenos Aires y Gran Buenos Aires, VACCARO SÁNCHEZ y Cía, S.A.
Distribuidor para Chile: DISTRIBUIDORA ALFA, S.A.

Capítulo Uno

Quinn McGrath, apoyado en el tronco de una palmera, aspiró una bocanada de aire salobre y contempló el suave oleaje azul zafiro del Golfo de México. La bola de fuego bajo la que se habían cocido los turistas en la playa durante el día estaba a punto de besar el horizonte añil. Las nubes tenues habían adquirido un tono rosáceo y la humedad flotaba en el ambiente mientras el mundo anticipaba la puesta de sol.

Pero Quinn no tenía ningún interés en ese paisaje de ensueño. Se había desplazado hasta la Isla de San José, en Florida, por culpa de la ruinosa construcción que se levantaba a su espalda. Se remangó la camisa y dirigió su experta mirada hacia el techo destartalado, el estado precario de los balcones del tercer piso y las celosías de las ventanas, construidas hacia 1950, que adornaban el complejo turístico de Mar Brisas.

No era de extrañar que el propietario hubiera cancelado su cita de esa tarde mediante un breve mensaje electrónico. Pese a que Quinn no lo conocía en persona, dedujo todo lo que necesitaba saber de Nick Whitaker respecto a las barandillas rotas, las tejas desprendidas y los marcos desportillados de las ventanas abovedadas. Parecía obvio que el propietario de Mar Brisas estaba empleando el dinero del seguro en algo ajeno a las reparaciones de los daños causados por la tormenta.

Ese inesperado cambio de planes no molestó a

Quinn. Sería una buena oportunidad para inspeccionar el lugar en solitario sin que Nick Whitaker tratara de restarle importancia a los desperfectos sufridos en la propiedad. El aire estancado en el vestíbulo probaba que Whitaker quería ahorrarse hasta el último centavo en el aire acondicionado. Sus pasos resonaron sobre el suelo de terrazo de la recepción vacía, pero acogedora en el pasado. No había huéspedes ni, desde luego, personal. El aspecto era de una extrema pulcritud, pero encontraría todos los desperfectos. Se dirigió hacia la escalera y subió los escalones de dos en dos hasta el tercer piso. La puerta se cerró tras él y, al oír el chasquido de la cerradura, masculló una maldición entre dientes.

En un extremo del pasillo en penumbra había una escalera de mano apoyada contra la pared, rodeada por una lona de color blanco y algo que parecía material de techado. Seguramente, ése sería el lugar en el que los obreros pasaban el rato... porque resultaba evidente que no estaban trabajando. Quinn caminó en la dirección opuesta hacia un viejo ascensor. Advirtió que las puertas de madera no estaban totalmente cerradas y metió la mano en la rendija. Empujó con fuerza y las puertas cedieron con un ruido sordo.

Al menos, eso fue lo que pensó, porque en ese instante toda la sangre de su cabeza se desplazó hacia otra parte de su cuerpo y perdió la capacidad de raciocinio.

Santa... Sólo podía mirar. Arriba. Ante la visión de dos increíbles piernas de mujer que colgaban del hueco abierto por un panel móvil en el techo del ascensor y se balanceaban a más de un metro del suelo. Esas piernas largas, esbeltas, bronceadas y desnudas asomaban por debajo de una falda azul. Quinn se inclinó hacia delante y atisbó en la oscuridad. La falda se había subido y mostraba unos deliciosos muslos, firmes y tostados, y el borde de encaje de una prenda íntima del mismo color.

–¡Hijo de perra!

Quinn se apartó a tiempo para esquivar un destornillador que surgió del agujero y chocó estrepitosamente contra el suelo. La herramienta aterrizó junto a unas sandalias de tirantes de tacón alto, una chaqueta azul y un maletín.

–¿Disculpe? –Quinn carraspeó con fuerza.

Un grito agudo acompañó el contoneo de la falda. Quinn notó la garganta cerrada mientras crecía el latido de su pulso en la vena del cuello. La sangre se movía deprisa en dirección sur. Estaba claro que no se trataba del típico técnico en averías.

–¿Necesita ayuda ahí arriba?

Una mano con las uñas pintadas de rosa asomó por el hueco de la trampilla y tiró con frenesí de la falda. Ocultó el ribete de la prenda de encaje, pero los muslos quedaron a la vista. El trasero decididamente femenino se retorció mientras la mujer lanzaba otro enojoso maullido cuando la falda, ¡bendita prenda!, se deslizó sobre la piel hacia arriba en respuesta.

–¡Oh! ¡Estoy atascada!

Esquivó el repentino movimiento de una pierna larga y bien formada. Después, observó cómo unos delicados pies desnudos apuntaban hacia el suelo. Su instinto lo empujaba hacia ella, pero estaba momentáneamente paralizado. Estaba seguro de que su mano, de forma involuntaria, se posaría sobre un pedazo suave y femenino de carne desnuda.

Esa imagen resultó decisiva.

La sangre alcanzó su destino y Quinn aspiró con fuerza mientras la excitación lo golpeaba. Agarró por las caderas a la mujer con cuidado para que sus manos sólo entraran en contacto con la falda.

–¡Eh! –la mujer gritó de nuevo–. ¿Qué está haciendo?

–Sólo intento ayudarla –dijo.

Sujetó con firmeza la curva de sus caderas, pero arremangó sin darse cuenta la tela y su mano sostuvo el muslo firme, sedoso. ¡Oh, Dios!

–Si se, bueno, relajase, señora, creo que podría bajarla –dijo.

–¿Que me relaje? –replicó y los músculos bajo sus dedos se tensaron.

–Relájese –solicitó, de nuevo, y deslizó la mano hasta una zona cubierta.

–De acuerdo –accedió tras un leve gemido.

–Está bien, ya la tengo.

No requirió un gran esfuerzo, pero agradeció su metro noventa de estatura y las horas que había pasado en el gimnasio mientras bajaba su cuerpo hasta el suelo. Todos sus sentidos se pusieron en alerta mientras se embebía en el embriagador aroma femenino que emanaba de su piel y estudiaba la curva perfecta de sus nalgas bajo la falda de seda, antes de posarla en tierra.

En el momento en que la cabeza asomó en la caja del ascensor, observó una masa de pelo negro revuelto atravesada por un lápiz amarillo. ¿Un lápiz?

Una vez que plantó los pies descalzos firmes en el suelo, permaneció de espaldas a él mientras se estiraba la falda en un gesto lleno de rabia.

–Gracias –el temblor en su voz afectó a Quinn.

–No hay problema.

Ella todavía no se volvió y Quinn frenó el impulso de voltearla amablemente. Quería verla. Necesitaba ver qué clase de rostro acompañaba un cuerpo como aquél.

Ella permaneció de pie, muy rígida, los hombros rectos coronados por el ridículo lápiz.

–Bien. De acuerdo, entonces –apretó los botones del viejo ascensor–. ¿Primera planta? ¿Lencería femenina?

Los hombros orgullosos sufrieron una breve sacudida a causa de la carcajada espontánea. Bien. Hubiera sido un delito que esas caderas, esos muslos y esas piernas carecieran de sentido del humor.

–Está bien –añadió–. No he visto nada que no hubiera visto antes.Tan sólo ha variado el ángulo. Y ha bastado para que me plantee seriamente mudarme a este sitio de forma permanente.

–¿En serio? –ella giró sobre los talones de inmediato.

Entonces, Quinn McGrath se quedó sin respiración de nuevo.

Esa vez fue por culpa del azul. Fue todo lo que vio y todo lo que su mente absorbió. Sus ojos reflejaban los matices más increíbles del azul y del verde. Eran del mismo color profundo, hipnótico y cautivador del Golfo de México. Su mirada se desplazó a lo largo de su cálida fisonomía y se detuvo sobre el hoyuelo de la barbilla.

–Ya lo creo –dijo con voz áspera.

Al menos, eso pensó que dijo. Pero ante el modo en que lo cegó con una deslumbrante sonrisa, se preguntó si realmente no habría deletreado el pensamiento que palpitaba en su cabeza. «Hagamos el amor. Ahora».

Genial. Un simple vistazo a la ropa interior de una desconocida y un hombre maduro de treinta y tres años ya se comportaba como un adolescente calenturiento.

Esos cautivadores ojos azules se cerraron hasta que sólo fueron dos finas ranuras.

–¿Qué está haciendo en esta planta?

Retrocedió un paso, temeroso de que si se acercaba más a ella terminaría rodeándola con sus brazos y comportándose como un adolescente.

–Sólo estaba echando un vistazo –señaló hacia la trampilla en el techo del ascensor–. En todas las direcciones.

–Estaba atascado –replicó mientras se alisaba la falda.

–Me he dado cuenta –dijo, hechizado por la profundidad de esos ojos azules.

Ella reprimió una sonrisa. Era adorable.

–Me refiero al ascensor.

Quinn apartó la mirada de su cara. Su mirada se deslizó sobre la camiseta azul celeste y el más impresionante par de...

El ascensor soltó un chirrido y se precipitó al vacío, lanzando a la mujer en sus brazos.

La sacudida empujó a Quinn contra el panel de control en el momento en que se detenía con un ruido sordo. Las puertas empezaron a cerrarse.

–¡No! ¡Nos quedaremos atrapados!

Metió la mano entre las puertas. La muñeca quedó encajada entre la madera y una tira de goma al tiempo que ella caía sobre él, su adorable figura amoldada a su cuerpo en los estrechos márgenes del ascensor.

Ésa era la definición perfecta de la agonía y el éxtasis. Quinn masculló una maldición. Ella blasfemó en voz alta. Apretó los dientes, amusgó la mirada y un leve latido palpitó en su esbelto cuello. Quinn bajó los ojos una vez más y, bajo ese nuevo ángulo, obtuvo una inmejorable perspectiva de su increíble escote. Dios Santo, ¿acaso no había nada ordinario en esa mujer?

Ella blasfemó de nuevo y soltó un gruñido. Presionó el muslo entre las piernas de Quinn de modo inconsciente y masculló algo acerca de un cable.

Por desgracia, el cuerpo de Quinn respondió en su nombre. Al instante, ella saltó y emitió esa suerte de graznido agudo otra vez.

Quinn logró mantenerse en posición. Giró el brazo y forzó las puertas hasta que se encajaron en su sitio. El ascensor había caído medio metro.

–Puedo auparme hasta arriba y después ayudarla –dijo.

Y no era que le importase quedarse atrapado con ella en un espacio tan reducido, pero probablemente se quedarían sin aire. O perderían el control.

–Creo que ya me ha ayudado bastante por hoy –su voz sonaba tirante, pero había un brillo muy atractivo en su mirada–. Suba usted y yo seguiré trabajando con ese cable.

–De ninguna manera –dijo, tras subir de un salto, y entonces tendió su mano–. No es seguro que se quede ahí dentro.

Suspiró resignada, tomó las sandalias del suelo y se estiró hacia él. Quinn tiró de ella y elevó su cuerpo hasta el pasillo con suma facilidad.

Ella lo miró a los ojos y resplandeció.

–Gracias –dijo con una sonrisa letal–. El ascensor es algo impredecible en este lugar. Pero eso forma parte de su encanto.

El único encanto que veía en ese lugar era un ángel azul de un metro setenta con un lapicero en el pelo y un cuerpo que podría desarmar a cualquier hombre. La idea de encontrarse a merced de esa mujer, arrodillado frente a ella, provocó que su sangre se volcara nuevamente hacia un punto de su cuerpo.

Metió las manos en los bolsillos y se sumergió de nuevo en esos ojos mágicos.

–Así que, ¿ha venido para cubrir el turno de noche o se encarga habitualmente de las averías en esta pocilga?

Un entrañable sonrojo coloreó sus mejillas. Engarzó un mechón perdido de su melena color café en el lápiz amarillo, tiró las sandalias al suelo y se calzó.

–No es ninguna pocilga. Tiene sus puntos fuertes, créame –señaló.

–Dígame uno –reprimió una carcajada.

–Podría nombrarle más de uno. Este lugar es genuino y... es histórico.

–Todo el complejo está ruinoso –replicó Quinn.

Ella cruzó los brazos por debajo del pecho, un gesto que tendría que prohibirse en algunos estados.

–Hay bañeras de época –indicó.

–Que conservan las cañerías originales.

–Y ventanas con vistas al mar.

–Algo que se agradece –dijo entre risas mientras sofocaba el impulso de acariciarle el hoyuelo de la barbilla–, ya que no hay aire acondicionado.

Ella frunció el ceño. La pérdida de su sonrisa equivalía a la desaparición del sol detrás de una nube.

–Está claro que le gusta este sitio –dijo, cansado–. O bien, trabaja aquí.

–Ambas cosas.

Vaya, así que ésa era la razón de tanta lealtad. Una empleada sería perfecta para conocer de primera mano las miserias de esa propiedad... y de su dueño. Quizá pudiera aplacar sus ánimos y obtener todos los datos de la estafa de Nick Whitaker al seguro durante la cena. Y el desayuno.

–Todavía no ha contestado a mi pregunta –repitió con tono acusatorio–. ¿Qué está haciendo aquí arriba? Está planta está vacía y sólo se permite el acceso a los empleados del hotel.

No quería mentirle, pero si ella trabajaba allí se figuraría enseguida que pertenecía a la compañía que deseaba adquirir la propiedad. Y eso sesgaría la información.

–Me he perdido. Mi habitación está en la segunda planta y he subido más de la cuenta.

–¿Está alojado aquí? –preguntó con recelo.

Se registraría en cuanto bajaran a recepción. De ese modo no estaría mintiendo. Había planeado quedarse en otra propiedad de Jorgensen y, en todo caso, tendría que levantarse antes del amanecer para otro trabajo en Minneapolis.

–Me marcho mañana –señaló.

–Bien, espero que disfrute de su estancia –dijo y se agachó para ajustarse las tiras de las sandalias, negándole la oportunidad de comprobar si la noticia de su marcha había provocado cierto malestar en ella–. No se pierda la panorámica de la playa. Es una de las vistas más asombrosas que verá mientras esté aquí.

–Ya he disfrutado de algunas vistas espléndidas –aseguró.

Ella lo miró detenidamente. Sus ojos color azul verdoso inquirían, retaban y sonreían a la vez. El tiempo se detuvo y la materia se congeló. Un extraño hormigueo recorrió sus entrañas. Siempre confiaba en su instinto. Ese instinto que sabía que algún día le indicaría que finalmente había encontrado...

Su media naranja.

Quinn McGrath nunca ignoraba su instinto.

–Pero quizá pueda enseñarme la playa –dijo con calma, apoyado en la pared y cruzado de brazos–. ¿Está libre esta noche?

Entonces ella le dirigió una sonrisa traviesa que provocó una serie de reacciones peligrosas en su corazón y la otra parte de su cuerpo que todavía no se había reposado. Antes de que pudiera contestarle, el ascensor emitió un sonido metálico y las puertas volvieron a cerrarse con un zumbido sordo.

–¡Mi bolso! –se volvió y trató de interponerse, pero las puertas se cerraron demasiado deprisa–. ¡Demonios...! No se le ocurriría dejar la puerta de acceso a las escaleras abierta, ¿verdad?

–No me lo diga –sacudió la cabeza–. La llave está en su bolso. ¿Hay alguna otra forma de bajar?

–Hay poca gente trabajando esta noche –dijo en

un suspiro–. Pero podemos confiar en que alguien tome el ascensor y lo mande hasta aquí.

–¿Y cómo sabrán que estamos aquí encerrados?

–¿Tiene un teléfono móvil? –preguntó, súbitamente esperanzada.

–Lo siento –se disculpó.

–Entonces, venga aquí –su corazón se contrajo ante esa invitación, dio un paso al frente y una nube del aroma de rosas que desprendía su cuerpo cosquilleó sus sentidos–. Estamos atrapados a la vieja usanza. Quizá si golpeamos las puertas se accione la palanca de mando.

Cerró los puños, levantó las manos frente a las puertas de madera y le dirigió una mirada intensa y muy significativa.

–¿A qué está esperando? ¡Hagámoslo!

–Eso es precisamente lo que tenía en mente –dijo, visiblemente sofocado.

Capítulo Dos

–¡Ayuda! ¡Estamos encerrados!

Nicole Whitaker lanzó todo el peso de su cuerpo contra las puertas de madera con mucha más fuerza de la que se requería. No se trataba solamente de la única oportunidad para que los oyeran, sino que el movimiento aliviaba parte de la tensión que había transformado todo su ser en un volcán de deseo. La sola presencia de ese hombre resultaba tan asfixiante que podía derrumbarse en cualquier momento. Otra réplica aguda y esa increíble sonrisa bastarían para que se desatase sin remedio. Se refugiaría en esa representación de la masculinidad más primitiva que cincelaba su atlético cuerpo.

Golpeó la puerta con el hombro y el lápiz se desprendió del pelo. Ante la carcajada de él, se quedó muy quieta.

–¿Le parece gracioso?

Procuró mirarlo fijamente, muy seria, pese a que se mezclaban en ella los deseos de reír y llorar a un tiempo. Era humillante que uno de sus huéspedes, que se había registrado sin su conocimiento, pensara que el complejo era un basurero.

–No puedo evitarlo –se encogió de hombros mientras sus insondables ojos marrones lanzaban destellos–. Es usted muy divertida.

Divertida. Sí, sin duda. Había representado una genuina escena cómica, colgada medio desnuda del techo del ascensor. El recuerdo de su falda subida por encima de los muslos creció en espiral en su cabeza. Un saludo perfecto para un huésped.

Gracias a Dios, había cancelado la cita que su banco había concertado con el magnate inmobiliario de Nueva York. Eso era lo último que el poderoso Quinn McGrath, necesitaría para su informe. El ascensor completamente muerto y uno de sus tres únicos clientes de pago paseándose por las instalaciones mientras aseguraba que todo estaba ruinoso.

Se mordió el labio inferior, apoyó la cabeza contra la madera tibia de la puerta y trató de recuperar el equilibrio que se desvanecía cada vez que lo miraba. No podía revelarle que ella era la dueña de ese vertedero. Sería demasiado violento.

¡Oh, señor, menudo día! ¿Un solo día? Menudo año. Su vida se había descontrolado por completo cuando el Huracán Dante, poco más de catorce meses atrás, había asolado la Isla de San José durante seis interminables horas. Los vientos no habían sido letales, pero su potencia había bastado para arrancar de cuajo todo el atractivo de Mar Brisas. Vientos de más de ciento cuarenta kilómetros por hora y una póliza de seguros apalabrada burdamente habían dejado el complejo turístico que su bisabuelo había diseñado y construido en la ruina, tras seis exitosos años de vida.

–Seguro que aparecerá alguien esta noche –dijo mientras palmeaba la puerta de madera con ligereza e inclinaba la cabeza hacia la otra punta del pasillo.

–Créame, Mac, hay poca gente que frecuente la tercera planta –dijo–. Puede que nos quedemos aquí un buen rato.

–¿Cómo ha sabido mi nombre? –preguntó extrañado.

–¿Se refiere a Mac? –entornó la mirada–. Llamo así a todas las personas que conocen mi trasero en primer lugar.

Quinn se rió de nuevo. Una risa grave y sensual que se clavó en su corazón y envió descargas eléctricas como dardos a la boca del estómago. Su risa era casi tan suave como su voz, que parecía mantequilla.

–¿No seguirá pensando en eso, verdad? –preguntó–. Olvídelo. Yo ya lo he hecho.

–Creo que pensaré en usted el resto de mis días –apuntó ella con ironía.

–¡Vaya! –sonrió–. Eso es muy halagador.

–No lo crea. Sólo me acordaré de nuestro encuentro cuando me pregunten por los momentos más embarazosos de mi vida.

Se apoyó contra la puerta y cruzó los brazos. Decididamente, no estaba aporreando las puertas. Pero el torso ancho, atlético, y el vello oscuro que asomaba por debajo del cuello de la camisa desabrochada distraían tanto su atención que no se quejó.

Aspiró con fuerza ante su proximidad y apreció un leve aroma mentolado, quizá teñido del sudor masculino de las primeras gotas que humedecían los mechones de pelo negro que caían sobre el flequillo. Eso trajo a su memoria el desagradable comentario acerca de la falta de aire acondicionado.

Se acercó un poco más e invadió el último vestigio de su espacio privado. No sonreía, pero sus ojos marrones del color del chocolate ardían mientras paseaba su mirada sobre su cuerpo y se detenía en la llamativa camiseta antes de sostener nuevamente su mirada. Separó los labios y ella atisbó un destello húmedo de la punta de la lengua.

La exaltación se transformó en auténtica excitación.

–El azul es, sin ninguna duda, tu color.

Bajó la cabeza un poco más y eliminó el espacio que los separaba. El aire ya no circulaba entre ellos. Su voz se había transformado en un ronroneo.

Intentó sonreír, pero sus labios temblaron. Estaba suficientemente cerca como para besarlo. Su corazón latía con fuerza y la sangre zumbaba, insistente, en sus oídos. No dejaba de repetirle que lo besara, lo besara, lo besara.

–Bésame.

Antes de que comprendiera lo que había dicho, él cumplió su deseo.

Cubrió sus labios con delicadeza, pero en el instante en que se produjo el contacto, aumentó la presión. Llevó las manos a sus caderas y volvió su cuerpo hacia él. Intensificó el beso, tiró de ella, apretó su cuerpo contra su atlético pecho y su endurecido... Ella rompió el contacto, pero Quinn sujetó con firmeza su cuerpo y acarició el lóbulo de su oreja con los labios.

–Has dicho «bésame» –le susurró mientras su aliento erizaba el vello de la nuca.

–He dicho déjame –estremecida, apartó con suavidad los hombros para mirarlo a los ojos–. Quiero decir que... puede que alguien lo eche de menos y llame a recepción...

–He venido solo –dijo mientras negaba con la cabeza.

–¿Y si le llaman... de su casa? ¿Su... esposa? –preguntó.

Necesitaba asegurarse de que se enfrentaba a una situación legal, pero sentía el peligro flotando en el aire.

Sacudió la cabeza otra vez y sus labios dibujaron una sonrisa melancólica.

–No estoy casado.

Era demasiado bueno para ser verdad.

–¿Qué hay de ti? –preguntó mientras sus pulgares giraban sobre los huesos de sus caderas en un ritmo hipnótico y enloquecedor.

Era su oportunidad para que el sentido común se impusiera sobre sus otros cinco sentidos. Era su oportunidad para demostrar que los seres humanos podían razonar mientras que los animales sólo se guiaban por sus instintos. Era su oportunidad para poner fin a esa locura. ¿Debería aprovecharla? De ninguna manera.

–No hay nadie que me eche de menos –dijo con sinceridad.

–En ese caso, permite que vuelva a besarte, por favor –esa voz tan sedosa acarició sus sentidos con la misma fuerza que sus manos–. Las puertas del ascensor podrían abrirse en cualquier momento y detesto desaprovechar mis oportunidades.

La mirada de ella pasó de sus ojos a su nariz romana de corte clásico, las mejillas algo hundidas, y se posó en los labios que acababa de saborear.

No estaba dispuesta a perderse ese momento. Se puso de puntillas para satisfacer su deseo y, esa vez, la lengua de Quinn entró en su boca como un dardo envenenado. Una y otra vez. Dentro y fuera.

Sus piernas, ante la franqueza de su mensaje, se volvieron de mantequilla. Se aferró a su cuello para sostenerse en pie. Temía derretirse en un charco sobre el suelo del pasillo. Renunció a pensar en lo que estaba haciendo. Estaba besando a un desconocido llamado Mac, encerrada en la tercera planta de su hotel cuando debería haber acudido a la cita personal y profesional más importante de su vida.

Era una auténtica locura. Era un placer absoluto.

Apoyó su cuerpo contra las puertas de madera con delicadeza y ella sintió la juntura de las dos hojas en su espalda. En un movimiento muy suave, sus manos subieron a lo largo de su talle y se detuvieron en las afueras del busto. Aguardaban un permiso. Sólo tenía que respirar hondo, presionar su pecho contra él y aceptaría la invitación para tocarla. Deseaba hacerlo. La fuerte presión que sentía contra su vientre no dejaba lugar a dudas. Y su corazón latía al mismo ritmo frenético que el de ella contra su pecho.

Sintió una vibración y escuchó un crujido.

Mientras las puertas del ascensor chirriaban, Quinn se apartó con un movimiento rápido y evitó que cayeran juntos en la caja cuando se abrió bruscamente.

–¡Demonios! –se mordió el labio inferior mientras abrazaba con fuerza a la mujer–. Nos han rescatado.

Nicole maldijo y bendijo a un tiempo el viejo ascensor. ¿Por qué nunca funcionaba cuando lo necesitaba y ahora...?

Se obligó a deslizarse fuera del cerco de sus brazos y entró en el ascensor. Lanzó un largo suspiro, se agachó y recuperó la chaqueta y el maletín.

–¿Bajas? –preguntó en un tono informal, pero la mirada de Quinn no era tan inocente.

Pulsó el botón de la segunda planta. La caja del ascensor dio una sacudida, igual que su corazón cada vez que lo miraba.

–Tengo una idea mejor –acercó sus labios a su oído y su voz grave vibró tanto como la maquinaria a su alrededor–. ¿Por qué no paramos este maldito cacharro en algún punto entre la segunda planta y... el Cielo?

Sopesó esa posibilidad por un momento. Después, apartó esa idea de su mente.

–Yo... lo lamento –balbució–. Me temo que mi cerebro no asimila esa idea.

Quinn retrocedió un paso y ofreció una sonrisa tranquilizadora. Entonces tomó su barbilla entre los dedos y levantó su cara hacia él.

–Mi cerebro cesó en sus funciones vitales en el mismo instante en que vio por primera vez a la dama de azul –dijo.

El ascensor se detuvo en la segunda planta. Si no lo remediaba, terminaría haciendo algo que quizá lamentaría. Nunca lo olvidaría, pero podría lamentarlo seriamente.

–Ésta es su planta –dijo mientras se abrían las puertas con un zumbido sordo.

–La verdad es que no –dibujó la curva de su barbilla con el pulgar–. Todavía no me he registrado en el hotel.

¿No se había...? Se puso rígida y dio un paso atrás, pegada al panel de mandos.

–¿Esta pocilga no está a su altura?

–Bueno, tendrás que admitir que no pasa de tres estrellas –le guiñó un ojo y apretó el botón de cierre–. Claro que el servicio es muy agradable.

Oh, Dios. El servicio era estúpido. Pulsó el botón de apertura y clavó su mirada en él.

–Ésta es tu parada, Mac.

Colocó la mano en su espalda, sonrió y lo empujó hacia el pasillo. Quinn salió del ascensor. Su mirada mezclaba la sorpresa y la diversión... y su expresión era expectante. ¿Pensaría que iba a acompañarlo? ¿Después de que le hubiera mentido y hubiera dicho que su propiedad era un vertedero?

Pulsó el botón de cierre y, por una vez, el viejo ascensor cooperó. Abandonó al hombre más increíble que había conocido y besado en un intervalo de apenas cinco minutos del otro lado de las puertas, atónito.

Nicole cruzó a toda marcha el vestíbulo y se encaminó a la recepción, que permanecía vacía porque no podía permitirse una persona en el turno de noche. Abrió precipitadamente un cajón y revolvió en busca de algo que no había necesitado en mucho tiempo.

Colocó sobre el mostrador el letrero de «completo». De camino a su apartamento, envió el ascensor a la segunda planta. Pero escapó a la carrera antes de que volviera a la planta baja.

El último de los resplandecientes rayos de luna se había desvanecido entre las olas plateadas del Golfo. En su lugar, los primeros rayos del amanecer caldeaban el agua que lamía la orilla perezosa en un ritmo constante, a poco más de quince metros de la terraza de Nicole. Se había pasado la noche acurrucada en una de las butacas de mimbre con la vista fija en el mar mientras repasaba su huida de la noche anterior.

No era la primera noche que había pasado en vela contando las estrellas del cielo y meditando sobre su vida. Antes del huracán, se había sentado a menudo en la terraza mientras pensaba en sus padres. Acerca de esos días terribles que había vivido tras su llegada, con tan sólo ocho años, a la Isla de San José, presa del pánico. Cuando todo su mundo se había reducido al recuerdo de dos personas maravillosas y a una extraña y pintoresca nueva «madre» llamada Freddie.

Pero desde que el Huracán Dante había aparecido en su vida, dedicaba cada noche a la búsqueda de una fórmula que aliviara su ruina económica. Había empleado un montón de horas en aceptar el hecho de que mientras casi todas las propiedades de la isla se habían beneficiado de unas importantes reformas gracias a sus seguros, Mar Brisas había tenido que conformarse con unas migajas.

No quería que su coqueta joya española se transformase en una de esas torres palaciegas de estuco y cristal que se erigían a lo largo de una franja de costa de quince kilómetros en una de las playas más bonitas de Florida. Había gastado prácticamente todo el dinero que había ahorrado en su vida, además de la herencia, en la restauración de las suites y los apartamentos con salida directa a la playa cuando había adquirido el complejo cinco años atrás.

Ahora estaba muy cerca de un juicio hipotecario y el banco no rechazaría por más tiempo a los compradores potenciales que habían mostrado interés en su propiedad.

Pero el dinero era la última de sus preocupaciones esa mañana mientras atravesaba la playa y se dirigía a su despacho, vestida con vaqueros y una camiseta holgada. El traje del día anterior había sido para una cita que, a Dios gracias, había cancelado.

En vez de pasearse penosamente por su complejo turístico en compañía de un despiadado magnate de Nueva York, se había encontrado en los brazos del hombre más atractivo que había conocido en toda su vida.

Un hombre que había mentido acerca de su estancia en el hotel y había hablado con sinceridad acerca de su establecimiento. Ésa era la razón por la que se había deshecho de él, ¿no?

Sí, desde luego. Lo había empujado fuera del ascensor por la misma razón que siempre se había alejado de cualquier hombre por el que se hubiera sentido atraída. Y no habían sido muchos. Bueno, quizá unos pocos. Si bien había intimado con ellos, nunca se había sentido cercana. La cercanía implicaba permanencia. Y la permanencia implicaba pérdida. ¿Acaso no era ésa la lección que le había enseñado la vida veinte años atrás cuando sus padres habían salido a cenar una noche y nunca habían regresado?

Meneó la cabeza y empujó la puerta del vestíbulo. Tenía que resolver otros problemas más inmediatos. Tom Northcott había sido muy paciente hasta entonces, pero seguía siendo vicepresidente de un banco y su lealtad a su empresa era inquebrantable. Se enfurecería cuando descubriera que ella había cancelado la cita que le había conseguido con el representante de Promociones Jorgensen.

La única empleada a jornada completa que pagaba Nicole ya estaba en su puesto. La sonrisa fácil y los alegres ojos verdes de Sally Chambers siempre le daban la bienvenida, pero esa mañana parecía más animada que de costumbre.

–Algún idiota colocó anoche el letrero de «completo» en el mostrador –dijo mientras se levantaba y seguía a su jefa hasta el despacho.

–¿En serio? –tiró el bolso debajo de la mesa y dirigió una mirada esquiva a Sally.

–No pasa nada –se encogió de hombros–. Me alegra que haya aparecido. Muy pronto vamos a necesitarlo.

–¡Vaya! –soltó una carcajada irónica mientras tomaba asiento–. ¿Te has encontrado doscientos de los grandes en el bolsillo trasero del pantalón, Sal?

Sally ocupó una de las sillas para las visitas y se cruzó de brazos.

–Tengo una idea fantástica, Nic –dijo con entusiasmo–. Publicidad gratuita.

–No hay nada gratuito en esta vida, cielo –se acomodó en la butaca y dobló las piernas bajo el asiento–. Pero no dejes que eso te detenga. ¿De qué se trata?

–Mi padre ha reservado una valla publicitaria en la carretera para anunciar su tienda de colchones, pero no quiere dejar el anuncio durante todo el mes. Sin embargo, le resultaba más económica la tarifa especial. Y quedará el espacio en blanco durante todo el mes.

–¿Y...?

–Podemos ocupar ese espacio publicitario –señaló con satisfacción–. Y anunciaremos nuestro hotel en la valla.

Nicole sacudió la cabeza lentamente. No quería desilusionar a su joven y entusiasta gerente, pero había ciertos aspectos de la publicidad que ignoraba.

–Sally, el diseño de un anuncio conlleva una serie de costes –explicó–. Asuntos de derechos, gráficos, etc.

–Ya he hablado con mi padre de todo eso –dijo

Sally y los bucles rojizos de su pelo saltaban mientras asentía–. Si tú te encargas del texto, el encargado de publicidad de su empresa se ocupará de la producción. Siempre que sólo se trate de texto, sin imágenes. Y monocromo.

–Sería un anuncio digno de un premio.

–No hace falta que se lleve ningún premio –insistió Sally–. Sólo tiene que convencer a los turistas. Un mensaje con gancho que los atrape y los cautive.

–¿Y qué clase de eslogan sería? –preguntó con una sonrisa.

–Todas las maravillas de Mar Brisas –los ojos verdes de Sally se iluminaron–. Auténtico azulejo español, balaustradas de palisandro...

–Un sistema eléctrico que tiene más de cincuenta años y un ascensor anterior a la Segunda Guerra Mundial –señaló Nicole, cansada de esa discusión y molesta por la crudeza de sus palabras–. ¡Vamos, Sally! Es horroroso, viejo y ruinoso.

¿No era eso lo que él había dicho?

–¿Qué demonios te pasa esta mañana? –Sally frunció el ceño y se inclinó hacia ella.

–Lo siento –suspiró–. No he dormido en toda la noche.

–Ya sé lo duro que ha resultado todo esto para ti, Nic –Sally apretó su mano con cariño–. Pero no te rindas ahora. Tenemos una oportunidad. Y es prácticamente gratis.

–Llama a Tom Northcott al banco –arqueó una ceja–. Explícale que me acobardé ayer y pídele que me concierte otra cita con ese tal MacGrath.

–De acuerdo –Sally no ocultó la derrota en su tono de voz–. Pero quizá nos prorrogue una semana más el plazo.

–¿De qué nos serviría otra semana? –preguntó, presa del desaliento.

–Una par de reservas más y podremos cubrir los

gastos del mes. Fue lo que me dijiste la semana pasada, Nic.

Un soplo de esperanza reavivó su maltrecho ánimo. Quizá Sally tuviera razón.

–No nos hemos gastado ni un centavo en publicidad –dijo para convencerse a sí misma antes que a Sally–. Supongo que no nos hará ningún daño.

Sally sacó un cuaderno de notas amarillo y puso un lápiz en la mano de Nicole.

–Adelante. Eres muy creativa. Seguro que se te ocurre algo estupendo para una campaña de lanzamiento.

–Yo no sé nada de publicidad, Sal.

–Claro que sí –Sally empujó el lápiz como si pudiera forzar de ese modo su creatividad–. Todo el mundo sabe qué es lo que vende. El sexo vende.

Nicole abrió los ojos de par en par. ¿Acaso Sally podía leerle el pensamiento? En una maniobra de diversión, chasqueó los dedos y levantó el índice.

–Claro. Podría retratarme desnuda a toda página en la revista –ironizó.

–Nunca dejarías que el mundo contemplase lo que ocultas debajo de esas camisetas tan amplias –apuntó Sally con escepticismo.

–El sexo vende una cerveza o un perfume –murmuró–. ¿Puede funcionar con un complejo turístico?

–¿Por qué no?

Sí, ¿por qué no? Si podía prometer una experiencia similar a lo que había vivido la noche anterior en el ascensor y en el pasillo, llenaría el hotel.

–Puede que tengas razón, Sal –se recostó en la silla, se revolvió el pelo, cerró los ojos y un cosquilleo especial se instaló en su estómago–. ¿Y si lográramos que la gente creyera que hay algo especial... en el aire que se respira en Mar Brisas? Romance. Atracción. Deseo.

–¡Sí, sí! –Sally golpeó la mesa, presa de la excitación–. Nuestro hotel es íntimo, es particular...

–¡Eso es! –Nicole apuntó hacia Sally con el lápiz–. ¡Un anuncio personalizado! No, no. Uno sólo, no... Haremos una serie completa.

–¿Una serie?

–Sí. Tendrán la apariencia de mensajes personales entre amantes, pero subyacerán mensajes sutiles acerca de los placeres y el romanticismo de un lugar como Mar Brisas. Podemos cambiar el mensaje cada semana e iremos contando una historia. Todo... –levantó las manos en el aire– se hará sólo con texto. Monocromo.

–Sí, ya lo veo, Nic. De veras. Todos los viajeros que toman diariamente la carretera aguardarán impacientes el siguiente episodio del romance de Mar Brisas.

Nicole giró el cuaderno para que recordase el formato rectangular de una valla publicitaria y esbozó el contorno con el lápiz de una esquina a la otra.

–Podemos utilizar la imagen del rompeolas, el aire de la noche. Pero siempre incidiremos en el mensaje principal. La autenticidad histórica de Mar Brisas propició el romance –explicó con convencimiento.

El teléfono de la recepción sonó y Sally se encaminó hacia la puerta.

–Escríbelo. Enseguida vuelvo.

Amaba ese lugar. La Isla de San José, su tía Freddie y una multitud de personas sencillas y maravillosas habían cuidado de ella en su niñez. Ahora tenía que salvar Mar Brisas en prueba de gratitud.

Necesitaba inspiración. Tamborileó con el lápiz sobre el cuaderno y miró fijamente la hoja en blanco. ¿Qué le inspiraba?

Los besos apasionados y las caricias anhelantes.

Cerró los ojos con fuerza. Tenía que escribir

algo en vez de recordar la noche anterior. ¿Qué le inspiraba realmente?

Ese rápido aguijonazo que lanzaba con la punta de la lengua.

–Vamos, Nic –se reprendió–. Sé creativa.

Pero ¿acaso los escritores no se inspiraban en sus propias vivencias? De acuerdo, se trataba de un anuncio personal ficticio. No estaba buscando al hombre de sus sueños porque no creía en los cuentos de hadas. Nunca había creído en ellos.

Pero si lo hiciera, su hombre sería Mac. Estaba convencida.

Y ésa era la razón por la que había escapado como un animal asustado la noche anterior. La vocecita de su cabeza susurró esas palabras en su conciencia.

Mordisqueó la goma del lápiz. Tenía que olvidarse de Mac.

Pero se trataba de un anuncio y Sally tenía razón. El sexo vendía. Así que Mac sería su musa. Además, estaba muy lejos de la Isla de San José. Nunca leería el anuncio.

Nicole empezó a escribir.

Busco al hombre misterioso en el hotel de Mar Brisas para otro viaje al paraíso. Encontrémonos en la blanquísima arena de la playa para otro viaje de placer. Tú también puedes encontrarlo en el complejo de Mar Brisas...

Se quedó paralizada. ¿Cómo firmaría su mensaje? De pronto, esbozó una sonrisa y garabateó el final del mensaje. Por supuesto. Ya sabía cómo firmaría sus anónimos.

La Dama de Azul.

Capítulo Tres

Era cerca de la medianoche del domingo cuando Quinn tomó el desvío de la carretera al volante de su Mustang descapotable alquilado. Había confiado en que llegaría mucho más temprano, pero su vuelo se había retrasado. Un par de kilómetros antes del paso elevado, pisó el acelerador y sujetó con firmeza el volante. Tenía que presentarse en la Isla de San José.

¿Cómo lo recibiría?

Se había hecho esa misma pregunta durante toda la semana mientras aguardaba, impaciente, que Nick Whitaker confirmara otra fecha para su fallida cita.

No conocía la respuesta a esa pregunta, pero estaba seguro de una cosa. Ella era la mujer de su vida.

Quinn MacGrath, soltero empedernido, donjuán confeso, adicto al trabajo y la quintaesencia de la masculinidad, guardaba un oscuro secreto que hubiera revelado si hubiera pasado otra hora en compañía de esa mujer. Era un romántico. Creía sinceramente que en algún lugar encontraría a su media naranja, su alma gemela.

Su abuela irlandesa, siempre alegre, le había prometido que «cada persona encuentra su pareja». Quinn había creído en sus palabras.

Y finalmente la había encontrado. Colgada de la trampilla de un ascensor. Si, al menos, supiera su nombre.

Sonrió ante su brillante plan para tomarse una semana de vacaciones durante su viaje. Había explicado a Dan que, de ese modo, conocería más a fondo el emplazamiento. Había alquilado uno de los apartamentos en primera línea de playa bajo el nombre de MacDougall. No quería que el propietario supiera que se alojaba allí hasta que hubiera jugado sus cartas en su reunión. Pero quería asegurarse que cualquier empleado que buscara a un tal «Mac» en el registro notara su presencia. Había llamado, lleno de optimismo, y había confirmado que el apartamento disponía de una cama de matrimonio.

Si supiera quién era...

Quinn se detuvo en seco y el Mustang viró bruscamente. Detrás de él se escuchó el chirrido de los frenos y alguien tocó el claxon con insistencia. Pero sólo veía las enormes letras azules del mensaje impreso en la valla publicitaria, inundada por la luz que proyectaban las farolas.

Miró las palabras detenidamente. Sintió el aire aprisionado en sus pulmones como un animal en una jaula de hierro. Ignoró el tumulto de bocinazos y gritos que provocó su inesperado frenazo. Leyó el mensaje en voz alta y se quedó prendado de las últimas cuatro palabras.

La Dama de Azul.

Alguien del coche que lo seguía bajó la ventanilla y gritó:

–¿Se encuentra bien, amigo? ¿Necesitaba ayuda?

–Gracias –agitó la mano en el aire–. Estoy bien.

La Dama de Azul estaba buscándolo. Quería otro viaje de placer al paraíso. Había pasado treinta y tres años buscando su alma gemela y había besado a muchas candidatas en el proceso. Pero ahora había concluido su búsqueda y ella también lo deseaba. Se saltó todos los límites de velocidad de la Isla de San José, camino de Mar Brisas.

Por supuesto, Whitaker no había contratado a nadie para que atendiera la recepción del hotel a medianoche. Descolgó el teléfono, pero antes de marcar el número se fijó en un sobre junto al aparato dirigido al señor y la señora MacDougall. Dentro encontró la llave del apartamento 1601, que guardó en el bolsillo. Estrujó el sobre y lo tiró a la papelera. Sonrió ante la asunción de que habría una señora MacDougall.

Subió los escalones de su apartamento y observó uno de los muchos detalles agradables que le daban la bienvenida. Habían dejado encendidas algunas luces y había una cesta con aperitivos, fruta y vino sobre el mostrador. Había flores en el dormitorio y unos caramelos sobre las dos almohadas de la cama de matrimonio. La habitación estaba limpia, pero todavía se apreciaban algunas señales de abandono. Las ventanas habían sufrido unos arreglos parciales y una de las puertas corredizas que daban a la terraza no funcionaba.

Pero estaba demasiado cansado para un examen exhaustivo. Al día siguiente, daría un paseo por la playa antes de su cita con Nick Whitaker y entonces haría trizas el complejo turístico de Mar Brisas hasta que obtuviera lo que había venido a reclamar.

Nicole entró en el agua y empapó los bajos de su vaporoso pareo, que se tiñó de azul marino. El sol ya se había levantado, era lunes por la mañana y se entregó a su habitual paseo de casi dos kilómetros a lo largo de la playa hasta el emplazamiento de esa monstruosidad rosa llamada Las Torres de Jade. Y se preguntó, una vez más, por qué demonios no pintaban la fachada de verde si iban a bautizarlas con ese nombre. Recordó con cierta melancolía que ocupaban el mismo terreno de la añorada tienda de Jimmy Miller, un establecimiento agradable que acostumbraba a fundirse en el paisaje en buena armonía, igual que Mar Brisas.

Había pasado todo el domingo en compañía de

la tía Freddie y eso siempre la ponía de buen humor. Salvo por la insistencia de su tía en conducir hasta la valla publicitaria que se había instalado esa semana. Había sido la primera vez, desde que había aterrizado en el umbral de la puerta de Freddie Whitaker como una niña huérfana, que había engañado a su querida tía.

–¿Cómo diablos se te ocurrió una idea semejante? –había preguntado Freddie.

–Me vino a la cabeza mientras reparaba el ascensor –había replicado con aire inocente, confiada en que su perspicaz tía no descubriese la mentira.

No quería que su tía supiese que se había obsesionado con un extraño que había conocido una semana antes. Un hombre en el que no había dejado de pensar ni un solo minuto. Freddie adivinaría al instante que había huido porque se había asustado ante la violencia de su reacción.

Para cambiar de tema, Nicole le había comentado a su tía que había cambiado su cita al lunes por la mañana y entonces Freddie había plantado la semilla de una nueva idea en la cabeza de su sobrina.

Quizá ese Quinn McGrath fuera flexible y permitiera que se quedara al frente de Mar Brisas. No sería la situación ideal, pero podría mantener el genuino ambiente de Florida en el hotel y conservaría la propiedad que se había convertido en su hogar. Dudaba que le permitieran quedarse en el apartamento 1801, auténtico emblema de su propiedad, pero así no perdería su trabajo. Quizá hasta aceptasen una rehabilitación integral del complejo que recuperase el lustre de antaño.

Lista para darse un chapuzón, se paró frente a su apartamento para quitarse el pareo cuando un movimiento en el porche del apartamento 1601 llamó su atención. Bien. Parecía que los MacDougalls habían llegado, finalmente. Se felicitó en silencio. El anuncio llevaba apenas unos días y ya tenía varias reservas.

Vadeó el banco de arena hasta una zona en que el agua alcanzaba una profundidad de unos dos metros, se sumergió y dejó que el suave balanceo de las olas acunase su cuerpo. Después, se impulsó con fuerza y nadó en paralelo a la playa durante unos buenos veinte minutos.

Sin resuello, pero vigorizada por el ejercicio, se escurrió el pelo mientras salía del agua frente a su apartamento. Atisbó, con el rabillo del ojo, la figura de un hombre en la orilla, de pie, observándola. Se restregó los ojos y miró de nuevo, la mirada fija en el torso desnudo y los pantalones cortos. Era muy alto, moreno y... demasiado familiar.

Se acercó unos pasos y bizqueó de nuevo. Notó cómo se le doblaban las piernas cuando tropezó con el caparazón de algún molusco.

El hombre se agachó y tomó de la arena el pareo azul.

–Eh, señorita –sonó tan dulce como el chocolate mientras sostenía la prenda en el aire–. Éste parece tu color.

Nicole se quedó de piedra, boquiabierta y con la mente en blanco. El hombre arrastró el tejido sobre la arena, lo dejó caer y avanzó unos pasos. Los primeros rayos de la mañana le conferían un halo de irrealidad. Parecía salido de una pintura al óleo. Unos mechones de pelo negro le caían sobre la frente y la sombra de la barba oscurecía sus facciones. El robusto pecho se inflaba con cada respiración y una fina capa de vello cubría los músculos bajo la piel.

–Recibí tu mensaje –dijo mientras se aproximaba a ella.

Una visión fugaz de letras azules sobre fondo negro cruzó su mente y recibió una fuerte conmoción en lo más hondo de su corazón. La valla publicitaria. No era posible que estuviera ocurriendo. No podía ser real.

Ella todavía no se había movido, pero él seguía de pie frente a ella. El agua lamía sus piernas y el sol calentaba su rostro. Estiró la mano y rozó su mejilla. Después, enterró los dedos en el pelo húmedo a la altura de la nuca.

El hombre dio un paso al frente y disminuyó el espacio entre sus cuerpos. En silencio, guió su rostro hacia él y la besó. Sus labios seguían siendo tan cálidos y dulces como los recordaba. La pasión no había menguado un ápice. Quebró el beso, pero su lengua arponeó el labio inferior y Nicole pensó que se ahogaría con la siguiente ola.

–He estado pensando en ti, mi dama de azul –susurró.

–¿Mac?

–He visto cómo entrabas en el agua –señaló con un gesto por encima del hombro su apartamento–. Y he venido a reunirme contigo en la arena blanca infinita, tal y como ordenaba tu mensaje.

–¿Sois la pareja del apartamento 1601?

–Soy Mac –dijo con una sonrisa y acarició sus brazos desnudos hasta que entrelazó los dedos con ella.

Ese gesto le puso la piel de gallina.

–Y esperaba que tú fueras mi pareja –añadió.

Era demasiado para ella. Estaba en el apartamento 1601. Había vuelto. Un nítido sentimiento de alegría chocó en su corazón con otra sensación extraña. Sentía vergüenza. Había visto el anuncio y había creído que lo había colocado para él.

Quinn estudió su expresión y frunció el ceño.

–Esta vez, me he registrado en el hotel –apuntó–. Así que no puedes enojarte conmigo.

–No estoy enfadada –indicó con debilidad.

–Claro que no –bromeó con socarronería–. De ser así, no habrías pagado el anuncio.

–¡Ah! –señaló con cierto desdén e intentó soltarse–. No te lo tomes demasiado en serio.

–Ya lo creo que es serio –sujetó sus manos con más fuerza y tiró de ella–. Me gustan las mujeres que persiguen sus sueños. Sobre todo, si buscan lo mismo que yo.

–¿En serio?

–Placeres en el paraíso –sonrió con picardía–. Sólo lo encontrarás en Mar Brisas, tal y como reza el anuncio.

–Sí, claro. Eso es lo que dice el texto.

Una ola rompió contra su muslo y amenazó la estabilidad de sus temblorosas piernas. Quinn afianzó su posición junto a ella, pero su mirada se volvió hacia su bañador mojado y Nicole asumió el modo en que el tejido se ajustaba a su cuerpo.

–Tienes tan buen aspecto vestida de blanco como vestida de azul –dijo con voz grave.

Notó la rigidez en su cuerpo ante esa mirada escrutadora. El traje de baño sintético se ceñía con desesperación a cada centímetro de su piel.

–E igualmente atractiva, tanto seca como mojada –añadió Quinn con la mirada preñada de lujuria.

¡Demonios, era un auténtico seductor! Demasiado halagador.

–Ya está bien –dijo con cierta brusquedad, se apartó de su lado y cruzó los brazos sobre el pecho en un gesto disuasorio–. Déjalo ya.

Retrocedió un paso, sorprendido, y levantó las manos en un gesto de irónica rendición.

–Tú has tenido la idea de la valla publicitaria –dijo.

–No se trata de un reclamo sexual.

Abrió la boca un instante, pero enseguida esbozó una sonrisa. Ella sabía qué vendría a continuación. Entonces, ¿de qué iba todo aquello? ¿Se sinceraría con él?

Cruzó los brazos y ladeó la cabeza, mirándola a

través de esas espesas pestañas, igual que lo había hecho en el ascensor justo antes de besarla. Era un gesto muy atractivo, lleno de insinuaciones, y el corazón de Nicole se desbocó sin control.

–Yo no estoy buscando una aventura sexual.

–¿No? –una mezcla de alivio y desilusión barrió su ánimo–. ¿Y qué es lo que quieres?

–Quiero conocerte.

Oh, no. Era demasiado bonito. Una fantasía que iba más allá de su torso desnudo y esos ojos tan seductores. No podía confiar en él.

–Me mentiste cuando aseguraste que estabas alojado en el hotel –recordó.

–Tenía intención de registrarme –meneó la cabeza–. Pero parece que hubo una enorme demanda de vacantes mientras estábamos... ocupados en el ascensor.

–Bueno, ahora estás mintiendo cuando dices que no buscas sexo –señaló, convencida.

–Soy culpable –admitió con una sonrisa–. Pero también quiero conocerte mejor.

Ella lo miró detenidamente. También deseaba conocerlo más a fondo.

–Pensaste que si nos quedábamos atrapados en la tercera planta el tiempo suficiente, terminaríamos...

–Sí, sin duda –aseguró con la mirada brumosa.

–No puedes saberlo con seguridad –replicó, consciente de su propia mentira–. No me conoces. Y Dios sabe que yo no te conozco.

–Ése es el problema –dijo y tomó su mano–. Quiero conocerte. Y, en cuanto a mí, puedo asegurarte una cosa. No soy un mentiroso.

Apoyó la palma de su mano sobre el pecho desnudo, a la altura del corazón, y ella sintió los latidos en sincronía con su propio pulso.

–Soy todo lo que ves. No hay secretos.

–Nuestro encuentro resultó muy intenso –susurró finalmente–. Me dejó aturdida.

–A mí, también –reconoció–. No he dejado de pensar en ti ni un minuto.

Sus palabras acariciaron su cuerpo como el sol que brillaba a su espalda.

–Estuve a punto de estrellarme cuando vi la valla publicitaria –sus labios dibujaron una media sonrisa extremadamente íntima–. La idea de que quisieras volver a verme hizo que me sintiera realmente bien.

–Mac, por favor –una sobredosis de culpabilidad recorrió sus venas–. No es lo que parece. No soy una mujer soltera desesperada en busca de...

Se llevó sus dedos a la boca y los besó con delicadeza.

–Vamos, no tienes que disculparte.

Nicole pensó, en un momento de locura, que quizá no sería bueno sacarlo de su error. ¿Era tan terrible que pensara que ella había colocado ese anuncio para encontrarlo? Había funcionado.

–Creo que deberíamos empezar de cero –sugirió.

–Desde luego –admitió–. Permíteme que te invite a salir.

–¿Qué clase de cita? –retrocedió un paso.

–Una cita en toda regla. Pasaría a buscarte a las siete, un bonito vestido, una cena en un buen restaurante, un paseo por la playa y una agradable conversación.

El torso, fuerte como una roca, despedía un cierto calor y ella tuvo que levantar la vista para sostener su mirada. Quinn inclinó la cabeza y besó la punta de su nariz.

–Dime que aceptas –insistió.

Esa pizca de lucidez y sentido común que había recobrado se difuminó al instante en una nube de placer irracional, adictivo y embriagador. Ella asintió, entregada.

–En ese caso, pasaré a buscarte a las siete. ¿En qué habitación te hospedas?

–Vivo ahí –dijo y señaló el apartamento 1801 por encima de su hombro.

En ese instante, recordó su cita y dio un respingo. ¡Dios! Llegaría tarde a su reunión con Quinn McGrath.

–Tengo que irme –dijo–. Llego tarde a un sitio. En serio.

–Está bien –liberó a Nicole con desgana–. Te veré esta noche.

–Estoy impaciente –aseguró.

Esas palabras dibujaron en sus labios una sonrisa tan deslumbrante que sofocó un jadeo de sorpresa. Era un hombre asombroso. Se había equivocado al juzgarlo. Era honesto y sincero. No había ningún motivo para que sintiera recelos. Esa noche lo descubriría todo sobre él.

Se agachó, recuperó el pareo tirado sobre la arena blanca y corrió hacia su apartamento. Desde las escaleras del porche echó un vistazo a la orilla. Se emocionó al verlo allí, de pie, mirándola.

–Adiós, Mac –se despidió.

–¡Espera! –gritó–. ¡No sé cómo te llamas!

Ella soltó una risita y se detuvo en el último escalón. Se apoyó en la barandilla y lo miró. Entonces, igual que Julieta en el balcón, le envió un beso y estiró los brazos hacia él de un modo impulsivo.

–¡Esta noche! –dijo.

Quinn sonrió, se llevó dos dedos a la boca y le devolvió el beso.

El amor flotaba, definitivamente, en el aire de Mar Brisas y Nicole Whitaker estaba decidida a respirarlo hasta su último aliento.

–¿Dónde diablos se habrá metido? –musitó.

Nicole tamborileó impaciente sobre la mesa de su despacho y miró la hora otra vez. Cada minuto que pasaba se evaporaba la prórroga que había decidido concederle a su cita de la mañana. Se había duchado a toda velocidad, se había vestido y se había maquillado en un santiamén, había volado hasta su despacho y ni siquiera se había tomado un minuto para deleitarse en la emoción de su reencuentro con Mac.

Había renunciado al traje y se había puesto una de las blusas que minimizaba el efecto de sus encantos naturales. Por alguna razón, había decidido que guardaría esos tesoros para alguien que lo mereciera más que Quinn McGrath.

–Sally –llamó en voz alta, ya que desde su despacho no la veía–. Por favor, llama a ese estúpido, desconsiderado y arrogante magnate e infórmalo de que mi tiempo también resulta valioso.

En ese momento, Sally apareció en la puerta del despacho, totalmente lívida ante el comentario que venía de escuchar de su boca.

–Eh, acaba de llegar –dijo–. Viene con el señor Northcott.

Nicole se quedó horrorizada cuando escuchó una risa ligera detrás de la pared.

–No se preocupe. Me han llamado cosas peores.

Tardó un momento en asimilar el tono dulce de la voz de su invitado. El tiempo justo que tardó en presentarse en la puerta de su despacho.

Mac. De pie frente a ella, vestido con camisa blanca, corbata, chaqueta azul marina, su expresión de asombro era un calco de la suya.

Ella se quedó mirándolo fijamente, incapaz de articular una sola palabra por segunda vez en esa mañana. Y él le devolvió la mirada. Tom Northcott entró detrás de él.

–¿Nic? –supuso que el tono interrogativo de su voz estaba relacionado con su expresión demudada–. Permite que te presente a Quinn McGrath.

Se levantó, muy despacio, confiada en que sus rodillas no le fallaran. Tendió una mano temblorosa y asumió, en una nebulosa, que había estrechado su mano. ¿Cómo era posible que fuera Quinn McGrath? ¿Cómo?

–Quinn, te presento a Nicole Whitaker –dijo Tom–. Es la propietaria y estoy seguro de que has visto su último trabajo de camino a San José. Una campaña publicitaria muy brillante para promocionar Mar Brisas.

–¿Una campaña publicitaria? –inquirió con dureza.

Ella quería mirar hacia otro lado. Quería saltar por encima de la mesa y abofetearlo. Quería gritar. ¿Era Quinn McGrath? ¿Era el hombre que iba a robarle sus recuerdos y derrumbar su futuro?

–Reconozco que es un anuncio poco convencional –señaló Tom, perplejo, y tomó asiento–. Pero cada vez tiene más reservas, así que su estrategia está funcionando.

–Vaya, mi enhorabuena –dijo fríamente.

Ocupó otra de las sillas y, sin apartar la mirada severa de ella, dejó caer una carpeta sobre la mesa de su despacho.

–Pero no veo cómo solucionará eso los problemas de Mar Brisas –abrió la carpeta–, señorita Whitaker.

La dulzura de su voz había desaparecido, sustituida por una frialdad dura como el acero mientras pronunciaba su nombre por primera vez. Nicole intentó tragar saliva, pero tenía un nudo en la garganta.

–¿No pensabas que era una campaña muy inteligente, Quinn?

–Desde luego, llamó mi atención –dijo finalmente y desvió su mirada hacia los informes que tenía delante–. De hecho, por un momento, pensé que era auténtica.

Levantó la vista y clavó su mirada en los ojos de Nicole.

Capítulo Cuatro

Por primera vez en su vida adulta, le había fallado el instinto.

No estaba enfadado con Nicole Whitaker. Permitió que su nombre flotara en su cabeza y maldijo la estúpida asunción que lo había llevado a dar por sentado que Nick se trataba de un hombre. Nunca había visto el nombre escrito. Ella no había tenido la culpa. Y, por mucho que quisiera que ella cargase con ese peso por burlarse de él, sabía quién había sido el culpable. Había sido culpa suya. Su instinto se había nublado por culpa de las hormonas. Todo se había distorsionado frente a ese cuerpo, esa sonrisa, esos ojos. Y ese anuncio.

Ella también parecía culpable. Había palidecido y sus luminosos ojos azules habían perdido brillo. Parecía culpable y muy molesta. ¿Ella estaba molesta?

Todas las suposiciones que había atribuido a Nick Whitaker embistieron su cerebro en un solo golpe. Un artista de la estafa que se aprovechaba del sistema para su propio beneficio. Era totalmente imposible adjudicar esas características a... La Dama de Azul. Eran dos personas completamente opuestas.

Tom Northcott se aclaró la garganta, consciente de que se había establecido una dinámica muy curiosa en el despacho. Quinn echó los hombros hacia atrás, se recostó en la silla y adoptó una actitud más conciliadora. Se mostró tranquilo y sosegado.

Una postura natural que nunca le había fallado en los negocios.

–Señorita Whitaker –hizo una pausa y arqueó una ceja–. Es usted soltera, ¿verdad?

–Y usted se llama McGrath, ¿no? –clavó su mirada en él–. ¡No es MacDougall!

Aguantó la pulla sin una sonrisa. Cruzó los tobillos, la vista fija en sus zapatos. Parecía más interesado en la pulcritud de su calzado que en el trato que tenía entre manos.

–Señorita Whitaker, estamos dispuestos a hacerle una oferta muy interesante, tanto a usted como a su banco. Puesto que se encuentra al borde del juicio hipotecario por su desinterés a la hora de afrontar la reparación de los desperfectos causados por la tormenta...

–¿Cómo dice? –exclamó, al tiempo que la sangre teñía nuevamente sus mejillas–. ¿Desinterés? ¿Acaso no se lo has dicho?

Tom sacudió la cabeza y Quinn advirtió la señal de aviso en su mirada.

–Tu situación es confidencial, Nicole –dijo Tom–. Nunca me atrevería a discutirlo con un potencial comprador. Y te sugiero que tú tampoco lo hagas.

Ella acató esa orden y cerró la boca. Quinn miró de reojo a Northcott, un ejecutivo de pelo lacio e inescrutable mirada bajo las gafas oscuras.

Nicole se mordió el labio inferior y ese gesto atrajo nuevamente la atención de Quinn sobre ella. Centró su atención en su boca de puchero y recordó el sabor a agua salada cuando la había besado esa mañana en la orilla de la playa. Y la visión y el tacto de su cuerpo, completamente mojado, templado por su presencia y su proximidad. Una tensión familiar amenazó su entrepierna y se removió en su asiento mientras apretaba la mandíbula para conjurar esa reacción. A partir de ese momento, pensaría únicamente con la cabeza.

Entrecerró los ojos y observó cómo Nicole sufría un escalofrío. Una alarma se disparó en su cerebro para que se lo tomara con calma. Pero ignoró esa señal. No podía confiar en esas respuestas internas cuando se trataba de ella. Había algo en ella que lo dejaba perplejo y anulaba su intuición. Así que tendría que guiarse por la experiencia. Tenía un trabajo por delante. Y después tendría que alejarse de allí.

–Señorita Whitaker, no nos importa de manos de quién compremos la propiedad. Puede ser suya o del banco. Estoy dispuesto a hacerle una oferta ahora mismo, pero dependerá de una serie de reformas que deben terminarse.

–¿Qué clase de reformas? –preguntó con cierta angustia.

–¿Ya has visitado todas las instalaciones, Quinn? –preguntó Northcott.

–Algunas –contestó con vaguedad–. He visto lo suficiente para saber que hay que arreglar los tejados, la fachada, las ventanas y... el ascensor.

Ella se sonrojó y Quinn sintió una involuntaria punzada en el corazón. ¡Demonios! No quería herirla ni avergonzarla. Pero ¿por qué lo había hecho? ¿Por qué se había tomado con tanta ligereza un problema tan serio?

–¿Y si no pudiera...? ¿Y si no acometiera esas reformas? –preguntó con calma.

–Ofreceríamos un precio mucho más bajo que cubriera los costes de la demolición.

Nicole aspiró sobresaltada.

–Esa cantidad no cubriría el crédito, Nicole –apuntó Tom.

Quinn cerró la carpeta con un golpe sordo, un farol que había utilizado con excelentes resultados un montón de veces.

–Arregle su establecimiento y pagaremos una cantidad suficiente para que pueda cancelar su préstamo.

–¿Y qué pasa con lo que yo quiero? –la voz trémula de Nicole sorprendió a Quinn.

–¿Y qué es, exactamente? –preguntó.

–Yo no quiero vender Mar Brisas, señor McGrath. No quiero que lo derriben. Y, sobre todo, no quiero perderlo a manos de usted –señaló y remarcó mucho la última palabra.

–Entonces, ¿por qué no lo ha reformado?

Miró con nerviosismo a Northcott, pero no contestó su pregunta. Quinn intuyó que algo no iba bien. Había llegado el momento de jugar fuerte sus bazas. Y sabía que ninguno de sus dos contrincantes estaba en disposición de plantarle cara.

–Quisiera examinar sus libros de cuentas, los documentos de la hipoteca y las pólizas de seguros –anunció.

–¿Perdón? –abrió los ojos de par en par ante su petición.

–Y el presupuesto de esa campaña publicitaria que ha puesto en marcha –añadió.

No necesitaba ese dato, pero no quería que ella pensara que había olvidado cómo se había burlado de su breve encuentro y cómo se había sentido.

Ella abrió la boca y sus labios dibujaron un círculo rosa perfecto. Esa imagen se clavó en su cerebro como una extraña mezcla de emociones. Era algo que lo volvía completamente loco. Dudó de sí mismo y de todo lo que creía que sabía.

Ella era su alma gemela. Y nada cambiaría esa certeza.

–No tiene ningún derecho a exigirme esos documentos, señor McGrath –replicó orgullosa, la barbilla partida en actitud desafiante–. Me niego a cooperar.

–Bueno, la verdad –apuntó Northcott mientras se ajustaba las gafas– es que has superado el plazo asignado para cancelar la hipoteca y cualquier comprador tiene derecho, por ley, a esa información.

El banquero dirigió una mirada dura a Quinn.

–Por supuesto, no dispongo de esos documentos en este momento. Y, francamente, no creo que hayas tenido la oportunidad de calibrar las posibilidades de esta maravillosa propiedad, Quinn. Tiene un valor incalculable. ¿Por qué no recorres las instalaciones con calma y te haces una idea más concreta?

Ya se había hecho una idea enormemente personal y concreta de la propiedad y de su dueña. Miró de reojo a Nicole y ella advirtió su mirada.

–Prepararemos la documentación que nos has solicitado –aseguró el banquero–. Todo, excepto lo que concierne a la campaña publicitaria. Eso fue idea de Nicole.

Las palabras golpearon su maltrecho ánimo. ¿Por qué? ¿Por qué había invertido tiempo, dinero y energía en burlarse de él?

–Espera un minuto, Tom –intervino Nicole–. No puedo creer que pueda entrar resueltamente en mi despacho y pedirme los papeles de la hipoteca...

–Esos documentos son de dominio público –interrumpió Quinn–. También puedo entrar resueltamente en la alcaldía y solicitarlos. O puede facilitarme esa tarea. De ese modo, podrá librarse de mí mucho antes, quedarse con el dinero y largarse.

–No sabe nada de mí –espetó, dolida y furiosa.

–No necesito conocerla para encargarme de este asunto, señorita Whitaker.

–Pero tienes que conocer las instalaciones, Quinn –Northcott carraspeó–. Y ahí es donde interviene Nicole. Conoce este sitio de memoria. Te acompañará a la azotea, te enseñará las terrazas... cualquier cosa que quieras ver.

–¿Qué hay del ascensor? –preguntó.

–Bueno, incluso ha trepado al techo de ese viejo cacharro y ha intentado arreglar esos malditos cables ella sola, ¿verdad, Nick? –apuntó con una sonrisa.

–Fue un acto desesperado –replicó con un suspiro.

–Confía en mí, Nick –dijo Tom–. ¿Alguna vez te he dado un mal consejo?

Quinn asimiló la insinuación de ese comentario. El banco siempre velaba por sus propios intereses antes que por sus clientes. Era una lección que conocía bien. ¿Qué clase de relación mantenían esos dos?

–Tom, por favor –imploró, y Quinn comprendió que él no habría podido negarse ante la súplica de Nicole–. Las reservas están al alza. El anuncio está funcionando. Quizá podamos discutirlo.

–No creo que haya nada que discutir, señorita Whitaker –dijo Quinn, incorporándose, tras la mención del mensaje publicitario que lo ridiculizaba–. Creo que daré esa vuelta ahora mismo.

Se volvió y advirtió la mirada de coraje que le dirigió el banquero a su cliente. Definitivamente, había algo que no funcionaba en ese asunto.

–De acuerdo, señor McGrath –dijo con una dosis de veneno derramándose de su boca–. Iniciemos la visita. Pero preferiría que nos olvidásemos del ascensor.

Muy despacio, recorrió con su mirada la fisonomía de Nicole. Daba igual que hubiera elegido una blusa ancha y holgada. Sabía que ella estaba debajo.

–No me gustaría perderme un solo detalle, señorita Whitaker –replicó.

–En ese caso, tendré que ponerme algo más adecuado –se pasó la mano por el cuello de la blusa–. Quizá usted también quiera cambiarse. Puede que esté bastante sucio.

–Estoy seguro.

Se acercó a la mesa y recuperó su carpeta. Entonces, levantó la vista y la miró a los ojos. El brillo había desaparecido. La llama se había extinguido y, en su lugar, había una mirada recelosa, poco amistosa.

¿Quién lo diría primero? ¿Cuánto duraría esa farsa?

–Quinn...

–Nicole...

Pronunciaron sus nombres al mismo tiempo.

Ella levantó la mano para detenerlo.

–Te espero en el vestíbulo dentro de cinco minutos –dijo–. Terminemos con esto lo antes posible para que puedas marcharte.

–Me has leído el pensamiento.

Nicole respiró hondo, pero el rastro de loción para el afeitado y ese inconfundible aroma masculino que Mac había dejado a su paso por el despacho no ayudaron en su vano intento por recuperar la calma.

Mac. Su Mac. Bueno, a duras penas. Quinn McGrath.

Se volvió hacia la ventana que daba al Golfo de México, pero sólo pudo revivir las imágenes de su inesperado roce, esa misma mañana, con el amor.

De pronto, sintió un nudo en la garganta y las lágrimas humedecieron sus preciosos ojos azules. Ella nunca disfrutaría esa clase de felicidad, ni una sola noche. Dejó escapar un sollozo y tomó un pañuelo de papel para secarse la cara.

–¡Nicole! ¡Vamos, cielo! No llores –Sally corrió a su lado y la abrazó–. Ya se nos ocurrirá algo. Estoy segura de que podrás quedarte aquí.

No podía contárselo a Sally. ¿Cómo le explicaría lo que había ocurrido? Era preferible que ella pensara que su única preocupación residía en la amenaza de perder la propiedad de Mar Brisas. No podía confesarle que, además, estaba en juego la dignidad, el respeto por sí misma y la única oportunidad de que había disfrutado en su vida para vivir un auténtico romance.

–¡Oh! –resopló y golpeó la pared con la palma de la mano.

Pero él no era ningún príncipe azul. Era un mentiroso. Cada vez que ella había creído en él, se había llevado una decepción. Le había dicho que trabajaba allí. Entonces, ¿por qué no había admitido que estaba interesado en la compra del complejo? ¿Había decidido engañarla a propósito?

«Soy todo lo que ves».

Claro, Romeo. Sintió furia y vergüenza, pero ambas emociones desaparecieron barridas por una profunda desilusión.

Había visto un duro capitalista con su carpeta, su oferta bajo el brazo y sus exigencias.

–¡Maldito bastardo! –masculló, pero Sally se interpuso entre su mano y la pared.

–Cálmate, Nic –dijo–. Tom me ha asegurado que no hablaba en serio. Y si puedes convencer a McGrath de que realmente vale la pena conservar este lugar en vez de derribarlo, su empresa pagará mucho más por los terrenos. Suficiente para que hagas frente al préstamo. De lo contrario, estarás metida en un lío muy gordo.

Nicole asintió. Ya lo había pensado, pero no quería pensar en los costes económicos y emocionales que implicaría esa situación. Miró directamente a los ojos verdes de Sally mientras recordaba los matices de su reunión, más allá del hecho de que hubiera besado a su adversario esa misma mañana en la playa.

–Tom ha actuado de un modo muy extraño con relación al seguro. ¿Por qué no me ha permitido que fuera sincera? McGrath piensa que dispongo del dinero del seguro y que no lo estoy destinando a la reforma de los daños.

–No lo sé, pero Tom está de nuestro lado. Haz lo que te ha pedido. Enséñale a ese tipo este lugar –insistió Sally.

–¿Y qué se supone que voy a enseñarle, Sally?

–Sé creativa –y le propinó un leve codazo–. Eres buena en eso. ¡Tenemos tres nuevas reservas! Todo parejas. ¡Y unos recién casados quieren uno de los apartamentos para su luna de miel! Pero tenemos ocupados los apartamentos 1601 y 1701.

–Dejaré libre el apartamento 1801 durante una semana –dijo–. ¿Cuándo tienen prevista su llegada los recién casados?

–Dentro de unos días. Puedo alojarte en una de las habitaciones del hotel –señaló Sally–. ¿Te supondría un problema?

–¿Es una broma? ¿A cambio de esos ingresos? Además, la mayoría de mis cosas están en casa de mi tía Freddie. Sólo tengo en el apartamento mi ropa y un par de artículos personales. Estaré lista en un par de horas.

–Es curioso que, teniendo en cuenta cuánto te preocupa la historia de este sitio, puedas desarraigarte con tanta facilidad –dijo con una sonrisa triste.

–Aprendí, siendo muy pequeña, que pueden arrancarte de tus raíces de un día para otro –indicó Nicole con honda amargura.

Nicole se presentó en el vestíbulo con la esperanza de que Quinn hubiera decidido plantarla. Pero no tuvo suerte. Estaba frente al ascensor, en todo su repulsivo esplendor, vestido con unos pantalones vaqueros bastante usados que se ceñían a su cintura y una camiseta azul marino cómodamente ajustada sobre sus anchas espaldas. Su indumentaria resultaba ligera, pero su expresión distaba mucho de esa aparente relajación.

Sin decirle una palabra, apretó el botón de llamada del ascensor y ella sintió un nudo en la boca del estómago.

–Empecemos en el exterior –sugirió Nicole.

–Terminemos antes con esto –apretó de nuevo el botón.

–Necesito un poco de aire fresco –insistió, presa del pánico.

No la obligaría a subirse de nuevo, ¿no?

–Ya está aquí –miró a Nicole mientras se abrían las viejas puertas de madera, sujetó una de las hojas y señaló el camino con la mano–. Detrás de ti.

Notó la boca seca cuando Quinn entró tras ella. Las puertas, súbitamente transformadas en la viva imagen de la eficacia, se cerraron de inmediato. Rodeó su cuerpo a propósito para evitar cualquier contacto y pulsó el botón de la tercera planta. Quinn se cruzó de brazos y retrocedió un paso mientras aguardaban que el ascensor se pusiera en marcha. Presa de la impaciencia, Nicole alargó el brazo para pulsar de nuevo. Pero Quinn interceptó el movimiento y le sujetó la muñeca.

–¿Por qué lo has hecho? ¿Por qué me has utilizado? –preguntó con una sonrisa triste.

–¿Utilizarte?

–Para tu campaña publicitaria –concretó.

Ella apartó la vista. No admitiría que se había inspirado en su encuentro. Jamás reconocería que un estafador con una chequera y un equipo de demolición le había sumido gracias a sus besos y sus caricias en un estado de euforia creativa.

–Fue muy sencillo –dijo con cierta indiferencia, la vista fija en el tubo de neón que brillaba sobre sus cabezas.

–¿Disculpa? –el ascensor todavía no se había movido–. ¿Has dicho que fue sencillo?

–Tenía que idear algo rápido para la valla publicitaria y había oído que el «sexo vende», así que pensé en ti, naturalmente.

–Naturalmente.

–Bueno, yo... Te conocí y al día siguiente me surgió la oportunidad de ese espacio publicitario en la carretera...

–Y sólo mirabas por tus intereses, desde luego. ¿Qué importaba que, en tu camino, ridiculizaras a un estúpido, desconsiderado y arrogante magnate en beneficio de una buena idea?

–Yo no sabía que fueras ese estúpido arrogante –dijo, boquiabierta, pero enseguida levantó una mano a modo de disculpa–. Quiero decir que sabía que eras Quinn McGrath. Había cancelado nuestra cita. ¿Qué estabas haciendo aquí?

–¿Eso habría cambiado las cosas?

–¿Es una broma? ¿Nunca has oído eso de que no se debe dormir con el enemigo?

Una sombra de duda veló su mirada.

–¿Por qué soy el enemigo, Nicole? Traigo tu billete para la libertad, la llave que te saque de este vertedero de...

–¡No es ningún vertedero! –clavó los dedos en su antebrazo–. ¿Quieres dejar de repetirlo?

–Es un complejo ruinoso, desvencijado y destrozado por los efectos de la tormenta. Un caserón de madera pasado de moda que no merece que tú y tu compinche Tom invirtáis el dinero del seguro en su reforma –puntualizó.

–Te lo repito, señor McGrath. No me conoces en absoluto –clavó su dedo en el torso granítico de Quinn–. Mar Brisas es mi hogar. Forma parte de mi pasado y representa todo mi futuro. Puede que esté hecho un desastre, pero no es culpa mía.

Decidió sincerarse. Ese hombre tenía que conocer la verdad.

–No recibí el dinero del seguro, Mac. De haberlo hecho, tendría un tejado nuevo. Habría asegurado las escaleras y las barandillas. Y, tan seguro como que existe el infierno, habría arreglado este maldito ascensor –retuvo el aire en los pulmones y lamentó la quiebra en su tono de voz–. Y me habría acostado con el mismísimo diablo antes de venderle mi propiedad a un presuntuoso de la Gran Manzana que quiere transformar este sitio en otro Palacio Rosado sin personalidad y sin historia.

Quinn permaneció petrificado y la miró fijamente.

–Nicole –dijo en voz baja–. El ascensor no se mueve.

Ella frunció el ceño, sintió el primer pellizco de pánico en el estómago. Quinn comenzó a pulsar todos los botones en vano.

–¡Oh, Dios! Otra vez, no –y, escéptica, preguntó–: ¿Llevas el teléfono encima?

–Lo he olvidado en mi habitación –aseguró–. Después de nuestra reunión, he empezado mis vacaciones y...

Se cruzó de brazos. Nicole suspiró, confiada en que no ladeara la cabeza. ¡Oh, Dios! Lo había hecho otra vez. Esa leve inclinación cuyo ángulo confería a su mirada una cualidad indescifrable, pero muy atractiva. Procuró mirar hacia otro lado.

–Había previsto tomarme una semana de vacaciones –explicó–. Pero no te preocupes. Buscaré alojamiento en algún otro sitio.

Ella encajó la noticia con dificultad. Suponía el adiós al dinero de la reserva, a las oportunidades perdidas y a todos esos gestos tan sensuales. Todo desaparecería.

–Podríamos, o quizá puedas auparme hasta la trampilla –señaló el techo–. Normalmente, siempre consigo ponerlo en marcha.

La mirada de Quinn, preñada de deseo, recorrió su cuerpo.

–¿Completamente vestida? Ése no es tu estilo.

Nicole notó cómo crecía el deseo en sus entrañas. Maldijo su cuerpo por traicionarla de ese modo. Odiaba a ese hombre. Era el mismo Quinn McGrath de las ofertas, las carpetas y las amenazas. Mucho peor de lo que había supuesto antes de conocerlo. ¿Por qué no podía olvidar la presión que su cuerpo masculino, totalmente enardecido, había ejercido sobre ella contra las puertas del ascensor? ¿Por qué no podía olvidar los aguijonazos húmedos de su lengua?

–¿Podrías, por dignidad, permitirme que olvide ese incidente y trate de sacarnos de esta situación?

–Lo haré –dijo con severidad, muy serio–. Tan pronto como retires el anuncio.

–No. Sólo lo desprecias porque está funcionando –señaló–. Y si eso me genera ingresos, ya no podrás comprar mi propiedad.

Se llevó la mano a la cabeza y se apartó los mechones que caían sobre la frente. Ella reprimió el impulso de peinarlo.

–Lo detesto porque se burla de lo que ocurrió –apuntó.

¿Una burla? ¿Hablaría en serio? Una sensación totalmente desconocida recorrió su cuerpo, pero no se detuvo a analizarla.

–Pensaba que algo así halagaría tu ego y haría que te pavoneases orgulloso –dijo.

–En ese caso, estamos en paz.

Algo en el tono de su voz asustó a Nicole. Había cierta resignación, tristeza incluso.

–¿Qué quieres decir con eso?

–Parece que tú tampoco me conoces a mí.

Notó cómo le temblaban las piernas mientras buscaba apoyo en la pared. ¡Oh, Dios! Otra vez volvía a la carga. El casanova amenazaba con derribar todos los muros y ella olvidaría la precaución, se desprendería de toda su ropa y se entregaría a él.

En un solo movimiento, se puso de puntillas sobre las sandalias y se descalzó.

–¿Qué estás haciendo? –preguntó Quinn, sobresaltado.

–Me descalzo para no herirte cuando me aúpes ahí arriba –entrelazó los dedos de las manos delante de él como si fueran una hamaca–. Haz esto con las manos.

Quinn obedeció. Ella apoyó ambas manos en sus hombros, soportó la visión tan próxima de los músculos en tensión y levantó la pierna hasta el estribo que formaban sus manos.

–¡Ahora, empuja!

Nicole se impulsó con fuerza y alcanzó el tirador de la trampilla. Quinn se tambaleó ligeramente, ella soltó un grito y se apoyó contra su cuerpo.

Quinn la sujetó por los muslos. Tenía su cintura a la altura de los ojos.

–Ya te tengo –dijo.

Sí, desde luego. Su boca distaba apenas una pulgada de los pantalones de Nicole. Ella empujó la tapa de la trampilla, se aupó hasta el agujero y tomó aire. Echó un vistazo hacia abajo. Tenía los ojos cerrados, los labios separados y, si bien resultaba difícil asegurarlo desde ese ángulo, habría jurado que había vislumbrado la lengua.

Ella se levantó un poco más y alcanzó un precario equilibrio en el borde de la trampilla, apoyada en una cadera. Sintió las manos de Quinn en sus piernas, sus largos dedos abarcando el perímetro de sus muslos. Eso no estaba pasando.

–¿Qué estás haciendo?

–Me aseguro de que no pierdes el equilibrio.

Era un mentiroso. En realidad, quería que cayese directamente en sus brazos, en su... boca. El deseo reptó en su interior como una culebra ante esa idea. ¿Lo habría notado? Agradeció que las mujeres no evidenciaran sus emociones con tanta claridad como los hombres cuando acechaba la lujuria. Notaba sus poderosas manos, ardientes y fuertes, a través de la tela vaquera. Imaginó cómo podría descender y que sus piernas se enroscasen en su cuello.

Ante ese pensamiento, se estiró un poco más para alcanzar el cable y soltó un jadeo. Todavía le faltaban unos treinta centímetros a pesar de su esfuerzo.

–¡Ya casi lo tengo! –gritó.

Nicole cerró los ojos, contuvo la respiración y lanzó el brazo hacia el cable, que rozó con la punta de los dedos.

Oh, Dios. Iba a resultar una visita insoportable.

Capítulo Cinco

La sangre de Quinn enfiló, nuevamente, dirección sur. ¿Acaso no ejercía ningún control sobre su cuerpo? Parecía evidente que, mientras Nicole Whitaker acometiera la reparación del ascensor, eso no sería posible.

–Ya lo tengo –declaró, satisfecha.

Fuera lo que fuera, el mecanismo del ascensor crujió y se puso en marcha. Quinn sostuvo con firmeza a Nicole mientras bajaba su cuerpo hasta el suelo y mostró cierta reticencia a la hora de soltarla. En cuanto sus pies tocaron el suelo, se frotó las manos en el pantalón, evitó el contacto visual y se tomó su tiempo para calzarse. Parecía sonrojada y actuó con cierta precipitación. Antes de que Quinn pudiera decir algo, las puertas se abrieron en la tercera planta.

–Puedes comenzar la revisión por arriba, literalmente –dijo Nicole–. Podemos trepar hasta el tejado desde una de las suites vacías en esta planta. En cuanto hayas comprobado el estado del techo, quizá se te quiten las ganas de continuar la visita.

–Se supone que deberías interesarme para que lo comprara –recordó mientras caminaba a su lado a lo largo del pasillo–. ¿Todos los desperfectos están relacionados con la tormenta o es, sencillamente, un problema de antigüedad?

–El tejado tenía quince años cuando el Huracán Dante pasó por la isla. Necesitaba algunas reformas, pero la tormenta exacerbó los problemas. Hice algunos arreglos temporales, pero tuve que cerrar algunas habitaciones que sufrían goteras cada vez que llovía con fuerza. En realidad, sólo necesita tejas nuevas. Claro que también es cierto que buena parte del aislante está arrancado y hay partes en que la madera está totalmente expuesta a las inclemencias del tiempo.

Llegaron a la última habitación del pasillo. Nicole sacó un manojo de llaves y abrió la puerta. Quinn reconoció al instante el olor a cerrado y humedad. La habitación, oscura y fresca, estaba abarrotada con aparadores y mesillas de noche. Había un torre de cubos arrinconada en una esquina, en previsión de futuras lluvias, y una escalera de tijera junto a un colchón cubierto con un plástico, apoyado en una de las paredes.

Nicole avanzó con absoluta familiaridad y abrió la puerta corredera que daba al balcón. Después, arrastró la escalera de tijera con ambas manos hacia el exterior.

–Éste es mi sofisticado sistema de acceso al tejado –dijo.

–Espera –Quinn agarró la escalera–. Déjame hacerlo a mí.

Apoyó ambas manos sobre el dorso de las suyas en un gesto inconsciente. Nicole sintió el fuego de ese inesperado contacto y aspiró con fuerza. Se miraron a los ojos durante unos instantes y Quinn se sorprendió, nuevamente, ante la profundidad de sus ardientes ojos azules. No apartó la mirada. Un segundo, dos... una eternidad.

Una sensación familiar lo asaltó de pronto. Era la misma que lo había sacudido en la carretera la noche anterior y, otra vez, esa mañana en la playa. Una extraña mezcla de deseo, placer y necesidad. Pero no permitiría que ella lo arrastrara a esa situación. Visitaría las instalaciones, haría su oferta y se marcharía a casa. Eso fue lo que su instinto le aconsejó.

Apartó las manos de ella y sujetó con fuerza la escalera de metal.

–¿Dónde quieres que la deje?

Salió hasta la barandilla del balcón.

–Aquí mismo, siempre que no te asusten las alturas. Normalmente me aúpo yo sola hasta ese alero del tejado y accedo a la mayor parte del tejado desde el alféizar, en el otro extremo de la ventana.

–¿Te apoyas en eso para subir hasta el tejado? –preguntó con recelo.

–Por supuesto. ¿Crees que Papá Noel aparece cada vez que llueve y lo remienda? –lo miró de soslayo–. ¡Oh, no! ¿Eso es otra rotura?

Sin ofrecerle ninguna explicación, Nicole entró en la habitación y apareció un segundo más tarde con una caja de herramientas de metal medio oxidada en una mano y un pedazo de aislante usado en la otra.

–Podemos arreglarlo ahora mismo –dijo.

Nicole le tiró el pedazo de aislante al estómago con más fuerza de la necesaria. Quinn sofocó un gemido a modo de respuesta.

–¿Qué te ocurre, Mac? ¿Tienes miedo de ensuciarte?

–Dame esas herramientas y echaré un vistazo –replicó–. Tú no vas a subir ahí arriba.

–¿Disculpa? –dejó la caja de herramientas en el suelo con un golpe sordo y Quinn creyó, por un momento, que intentaría golpearlo por haber ofendido su masculinidad–. Sigo siendo la propietaria y haré exactamente lo que me dé la real gana.

Abrió la escalera de tijera con facilidad, fijó las patas y se acercó al borde del balcón. Muy decidida, agarró la caja de herramientas y subió el primer peldaño. Se paró y lo miró por encima del hombro. La mirada de Quinn se deslizó sobre la curva de sus nalgas. Llevaba la blusa blanca metida por dentro del pantalón, algo arrugada.

–Sígueme –ordenó.

«A cualquier parte», gritó en silencio su otro cerebro.

–Está bien –se encogió de hombros–. Tal y como dices, eres la propietaria.

Se detuvo y volvió a mirarlo de soslayo desde el último peldaño de la escalera. Quinn se preguntó si su estudiada indiferencia habría calado en ella.

Su audacia lo impresionó, pero hubo algo en su resolutiva actitud que lo sorprendió. Ella no respondía en absoluto a la imagen que se había formado de Nick Whitaker. En el momento en que sacó un martillo de la caja de herramientas y se metió en la boca tres clavos de cabeza plana, Quinn comprendió que había errado el juicio.

–Pásame unos treinta centímetros de aislante –balbució mientras sostenía una teja suelta con una mano y señalaba el rollo de aislante con el martillo.

Quinn desenrolló el aislante y sacó una cizalla pequeña de la caja de herramientas. El olor del material ennegrecido, el calor que despedía el tejado y el ángulo inestable de su cuerpo trajeron un montón de recuerdos a su cabeza. Los largos y calurosos veranos en que trabajaba junto a Colin y Cameron mientras su padre daba las órdenes pertinentes a su cuadrilla. Su esfuerzo, entre sudores y martillazos, mientras avanzaban en la estructura de una nueva mansión en unos de los barrios acaudalados de las afueras de Pennsylvania. Adoraba el trabajo, el sufrimiento, el placer de la compañía de sus hermanos.

Sobresaltado, asumió cuánto lo echaba de menos.

–Cuándo tú quieras, Mac –masculló con los clavos entre sus labios.

Estuvo a punto de echarse a reír. Era una trabajadora muy concienzuda. Trabajaron juntos en silencio mientras arreglaban la rotura que había encontrado. Se limitó a sostener el aislante en su sitio y dejó que Nicole fijara los clavos, reprimiendo las carcajadas cada vez que soltaba una maldición después de cada golpe fallado.

Desde su ángulo, veía la tensión en los músculos de su cuello mientras trabajaba y una pizca de sudor brillaba en los bucles de su pelo castaño oscuro. Esa vez no llevaba un lápiz arrollado, sino un pasador de pelo. Supuso que habría querido mostrarse muy profesional en su cita de la mañana.

Su mirada se prendió en el escote en forma de «V» de la blusa. Se abría lo suficiente para regalarle la vista con su incipiente escote y la curva de sus increíbles pechos.

Ella paró súbitamente en su tarea y levantó la vista para sorprenderlo mirándola fijamente. Sin una sola palabra, se irguió y se estiró la blusa blanca de algodón.

–¿Necesitas pasearte por el tejado para contar las tejas rotas, Mac, o ya te has hecho una idea? –preguntó.

–Creo que no necesito ver nada más–enrolló el aislante y paseó la mirada sobre el techo parcheado–. Eso te costará unos setenta y cinco mil dólares, por lo menos.

–Sesenta y ocho mil si utilizas tejas españolas y no exiges cerámica importada –Quinn observó cómo guardaba las herramientas, mantenía el equilibrio y se secaba el sudor de las sienes con el revés de la mano–. Pero tengo almacenados unos doscientos toneles con tejas que me donaron después de la tormenta en una de las despensas. Una reforma rápida y bastante barata si no pagas la mano de obra.

Se tapó los ojos frente al sol y lo miró.

–¿Eso mejoraría mi posición para una oferta más generosa? –preguntó.

–¿Podrías explicarme qué significa eso de que no cobraste el dinero del seguro?

–Una vez que estemos en suelo firme –replicó con una penetrante mirada.

Se acuclilló e inició el descenso con mucho cuidado. Una vez que pusieron pie en la terraza, Quinn guardó la escalera de tijera y ella se ocupó de la caja de herramientas. Después, se limpió la suciedad de las manos en los vaqueros y se apartó los mechones de pelo de la cara. Ese último movimiento dejó una mancha negra en su pómulo. Quinn reprimió el impulso de limpiársela con los dedos.

–Fui víctima de un pobre acuerdo verbal –reconoció finalmente, mientras cerraba la puerta corredera de cristal de la terraza y tomando la llave maestra de un antiguo aparador en mitad de la habitación–. Vamos, te enseñaré la piscina.

–¿Qué clase de acuerdo?

–En pocas palabras, mi póliza de seguros cubría los daños derivados de inundaciones. Pero nuestro huracán fue lo que llaman «una tormenta seca» y causó todos los destrozos merced al viento. Descubrí, tres semanas después de la tormenta, que mi seguro no cubría los daños del vendaval y que el inspector del seguro no me daría ni un centavo.

Quinn observó que Nicole eligió las escaleras en vez del ascensor.

–¿Percibiste algo de dinero? –preguntó.

Rodeó el descansillo de la segunda planta, se encogió de hombros y guardó una distancia de tres peldaños frente a él.

–El diez por ciento de lo que necesitaba. La temporada pasada sufrí un montón de cancelaciones y se ha corrido la voz entre las agencias de viajes de que el edificio está en condiciones deficientes, así que esta temporada no ha ido mucho mejor...

–Hasta que lanzaste tu original campaña publicitaria –añadió Quinn.

Su paso decidido se ralentizó y cerró los ojos con un suspiro.

–Me ofrecieron el espacio de la valla publicitaria de forma gratuita –dijo con calma–. No tenía dinero para pagar a un publicista, para fotografías ni para el diseño gráfico.

Abrió los ojos y lo miró directamente, sin un ápice de arrepentimiento en la profundidad azul de su mirada.

–Me arriesgué –señaló.

–¿Pensaste por un momento qué pensaría cuando descubriera el mensaje?

–Te marchabas por la mañana –sacudió la cabeza–. Nunca creí que volvería a verte.

–Bien, estabas equivocada –dijo mientras sostenía la puerta abierta para ella–. Estaba decidido a volver para buscarte.

Esas palabras se marcaron a fuego en el corazón de Nicole con más intensidad que el sol de Florida mientras salían al exterior.

¿Lo había dicho en serio? ¿Acaso Quinn McGrath tenía sentimientos... o tan sólo un cuerpo que anhelaba una satisfacción? A tenor de la manera en que la miraba, tuvo la certeza de que sólo buscaba un revolcón. Pero ¿realmente lo había molestado tanto el mensaje de su anuncio?

Bueno, era algo que nunca sabría porque no mantendría otra conversación íntima con ese hombre. Quizá tuviera que odiarlo al revelarse como el comprador de Mar Brisas, pero una parte femenina de su persona se empeñaba en traicionarla en ese punto. Esa misma parte femenina sólo podía pensar en los efluvios de poderosa masculinidad que despedía su cuerpo, el modo en que sus ojos marrones se clavaban en ella cuando sus miradas se encontraban y la manera en que curvaba los labios cuando observaba su trabajo sobre el tejado. Esa parte femenina no dejaba de robarle miradas furtivas que dirigía a la zona de sus vaqueros levemente desgastada y el sugestivo bulto cómodamente instalado entre sus estrechas caderas. No podía evitar fijarse en ese mechón de pelo rebelde y muy moreno que le caía justo sobre la ceja. Había estado a punto de clavarse su propio dedo en el tejado mientras luchaba por desviar la mirada de sus poderosas manos.

Quinn McGrath era extraordinariamente atractivo. Un bastardo que planeaba robarle su felicidad, pero uno de los hombres más sublimes que había conocido. Evitaba a los hombres como él. No estaba interesada en las relaciones informales, en el sexo sin ataduras... y tampoco estaba interesada en el compromiso. Era una prisión.

–¿Buscaste a un abogado para que revisase esas cláusulas?

Su pregunta sacó a Nicole de sus ensoñaciones. Se detuvo junto a la piscina, satisfecha porque el hermano de Sally hubiera ofrecido sus servicios para encargarse de la limpieza de la piscina sin cobrarles nada. Al menos, todas las instalaciones presentaban un aspecto impecable. Claro que hacía falta un remozado general.

–El abogado del banco lo estudió –dijo–. Es una cláusula acorazada.

Quinn sacó unas gafas de sol del bolsillo de la camisa, ocultó sus ojos seductores y adoptó una pose de anuncio de revista. Nicole desvió la mirada hacia la piscina.

–Me gustaría echarle un vistazo a esa cláusula –dijo en ese tono tan característico.

–¿Para qué necesitas revisar mi póliza de seguros? –preguntó con recelo.

–Tiene importancia para la operación –se encogió de hombros–. Y no puedes impedírmelo. Soy el comprador y las leyes de Florida me otorgan ese derecho. ¿De qué compañía de seguros se trata?

Ella se lo dijo y se mordió el labio mientras asimilaba esa información. Parecía que estaba muy interesado en esa adquisición. Sentía cómo Mar Brisas se escapaba entre sus dedos. Todo su trabajo y sus proyectos desaparecerían de una vez. Y ella se quedaría sin un pasado, sin un futuro y sin la menor idea de lo que haría con su vida a partir de ese momento. Para una mujer que, según su tía Freddie, había nacido para los negocios, resultaba bastante amenazador.

–Ya sé que presenta un aspecto algo ruinoso, pero ¿no ves el potencial de un sitio como éste? –lamentó el derrumbe de su voz ante su pregunta.

–Creo que tiene muchísimas posibilidades –su tenebrosa mirada se clavó en ella con doble intencionalidad–. No estoy únicamente interesado en explotar este sitio. Ya conoces los planes de Promociones Jorgensen para esta propiedad.

Derrumbarían las instalaciones antes de que deshiciera las maletas en casa de su tía Freddie. Esa idea despertó en ella las ganas de empujarlo al agua. Sin embargo, se cruzó de brazos y le dirigió una mirada severa.

–Deberías preservar la diversidad y la belleza en vez de arrasar con máquinas todo esto para levantar una mole de cristal que tape las vistas y dañe los ojos –dijo.

Quinn pasó a su lado y trepó a un seto de hibisco que jalonaba la fachada del edificio. Detrás, bajo el alero de una de las ventanas del primer piso, un pedazo de madera labrada a mano colgaba, inerme, de un solitario clavo.

–Este adorno podría fijarse fácilmente con unos clavos. ¿Hay más en este estado?

–Algunos –reconoció–. Procuré arreglarlos y lo logré. Supongo que olvidé ése.

–La verdad es que sé mucho acerca de la preservación de la belleza y su creación, Nicole –se levantó las gafas de sol hasta el pelo–. Provengo de una familia de constructores y artesanos, gente que siempre ha trabajado con las manos para crear elementos como éste. Sólo que he elegido un aspecto más lucrativo del mundo inmobiliario para mi carrera.

Lucrativo. Por supuesto. Sólo le importaría el dinero. Era, después de todo, un magnate más. O, al menos, luchaba por alcanzar esa posición. ¿Cómo podía olvidarlo y confiar en que existiera un poco de ternura dentro de ese pecaminoso pecho a prueba de sentimientos?

–Me alegro por ti, Quinn McGrath. Espero que ganes mucho dinero con este negocio.

Para su sorpresa, tocó su cara y frotó con delicadeza una mancha en su mejilla. No se estremeció, pero experimentó una fuerte tensión en la boca del estómago.

–Ésa es mi intención –dijo–. Por eso he vuelto.

Nicole procuró recordar que era un hábil hombre de negocios. No se trataba de un amante potencial que acariciase su cara y derritiese su corazón. Era un emprendedor, un oportunista. Pero sólo sentía la huella ardiente de su dedo.

–¿En serio? Esta mañana dijiste que habías venido a buscarme –recordó.

–Y te he encontrado –apartó la mano muy despacio, pero acercó su cara–. Ahora, retira ese estúpido anuncio, entrégame todos los documentos que te he pedido y deja de mirarme como si necesitaras que te besara hasta la pérdida de conciencia.

–Oh, yo no estaba...

–Claro que sí –sonrió–. Y será mejor que controles tus emociones, preciosa, porque la próxima vez puede que lo haga.

Se colocó de nuevo las gafas de sol.

–Si me necesitas, estaré en la playa –añadió–. Gracias por la visita.

Ella se quedó de pie y observó cómo se alejaba a contraluz, su impresionante figura recortada contra el sol. Estaba derretida por culpa del fuego de su cuerpo y la cruda sinceridad de sus palabras.

¡Maldición! Deseaba que la besara hasta sumirse en el olvido.

Capítulo Seis

A última hora de la tarde, Quinn estaba muy inquieto. Había procurado relajarse en la terraza, pero había terminado perdiendo el tiempo por falta de costumbre, presa del aburrimiento. Se había bañado en las aguas del Golfo, pero no le había quitado ojo al apartamento vacío de Nicole. Había sopesado la posibilidad de hacer el recorrido completo del complejo turístico de Mar Brisas, tal y como había amenazado, pero algo o alguien lo había disuadido de esa última decisión tan drástica.

En vez de eso, había subido a su coche y había decidido explorar la Isla de San José.

En el extremo norte de la isla, la presencia de una pequeña concentración de comercios y restaurantes indicó que había llegado a la ciudad. Allí encontró un edificio de una planta, en la playa, con una sugestiva puerta con mosquitera y un desvencijado cartel en que se leía *Buddy's.*

Quinn se instaló en la barra y pidió una cerveza, que le sirvieron en una jarra helada con dos dedos largos de espuma.

–Tenemos gambas y ostras a mitad de precio –indicó el camarero.

Quinn dedujo que se trataba del propio Buddy, un hombre tan curtido como su propio establecimiento, de pelo blanco y barba de dos días.

–No, gracias –replicó.

–¿Dónde se aloja? –preguntó tras echarle un rápido vistazo.

–En Mar Brisas –contestó mientras bebía un trago largo de su cerveza.

–El hotel de la pequeña Nicole, ¿eh? –enarcó sus pobladas cejas.

¿La pequeña Nicole? Esa descripción no encajaba en absoluto con la mujer que arreglaba el tejado encaramada en lo alto de una escalera.

–¿Usted la conoce?

–Claro que la conozco –aseguró mientras secaba la barra con un trapo–. Conozco a su tía, conocí a su padre y sus abuelos. Y, demonios, conocí al viejo Whitaker cuando yo era un crío y regentaba Mar Brisas.

–¿Disculpe? –sostuvo la jarra en el aire–. ¿Su abuelo regentó el establecimiento?

–No, su bisabuelo. Construyó ese hotel en los años treinta. Prácticamente, descubrió la Isla de San José. Y su abuelo estuvo al frente de la dirección del hotel durante una temporada, pero lo vendió en la década de los sesenta. Recuerdo que Freddie y Frank estaban en el instituto.

–¿Freddie y Frank?

–El padre de Nicole, Frank, y su tía, Freddie Whitaker.

Intrigado, Quinn se apoyó en la barra. No tenía la menor idea de que Mar Brisas hubiera pertenecido a su familia.

–¿Y qué ocurrió después?

–Esa vieja construcción cambió de manos en varias ocasiones, creo –el camarero se encogió de hombros–. Pero siempre permaneció en el corazón de esa parte de la isla, una suerte de símbolo. Incluso Freddie trabajó allí un tiempo. Pero Frank, por supuesto, se marchó a Chicago y, después, bueno.

–¿Bueno, qué? –preguntó Quinn, súbitamente interesado por el destino de ese hombre, el padre de Nicole, del que Buddy hablaba en pasado.

–Bueno, fue mi triste. Frank y su esposa murieron en un terrible accidente de coche, en medio de un temporal de nieve, cuando la pequeña Nicole no era más que una niña. Creo que tenía ocho años, nueve quizá. Fue entonces cuando llegó a la Isla de San José –sacudió la cabeza y apoyó ambas manos sobre la barra–. Freddie tenía por costumbre traerse a la niña aquí de vez en cuando. No era más que un par de enormes ojos azules y un cuerpo escuálido, tan asustada y conmocionada como cualquier crío a su edad.

Algo cambió en el corazón de Quinn cuando imaginó a Nicole huérfana, enviada a casa de un familiar que tenía un nombre tan singular como tía Freddie.

–A nadie sorprendió que comprara la propiedad –el camarero retomó el hilo del presente–. Siempre ha formado parte de su familia y todo eso. Pero ahora, bueno.

–¿Bueno, qué? –repitió Quinn.

–La compañía de seguros la timó después del huracán del año pasado y, bueno, usted se aloja allí. Fíjese en qué estado se encuentra. Va a perderlo todo, pobrecilla –y, de pronto, sonrió–. Pero es tan lista como su padre y tan guapa como su tía Freddie. Estoy seguro de que saldrá adelante. Todo el mundo la quiere en la isla. Es una lástima que todos esos nuevo promotores hayan expulsado a los antiguos propietarios.

La cerveza de Quinn se amargó de pronto y dejó la jarra sobre la barra con un golpe sordo. El dueño del bar sonrió, comprensivo.

–Estoy seguro de que lo estoy aburriendo con estas viejas historias. Pero me alegro que tenga un par de huéspedes alojados en el hotel. ¿Está seguro de que no quiere unas ostras crudas? No probará nada igual en toda la isla.

Quinn recordó que había leído en alguna parte que las ostras eran afrodisíacas.

–No, muchas gracias –sacó un billete de cinco dólares y le tendió la mano al camarero en un gesto impulsivo–. He disfrutado mucho con su charla.

–¿No le apetece otra cerveza, hijo? –preguntó mientras estrechaba su mano.

–No –se levantó y miró su reloj–. Son casi las siete y tengo una cita.

Nicole se despertó sobresaltada. No estaba segura de si había oído un ruido o si la migraña que la había obligado a acostarse a las cuatro de la tarde la había sacado de un sueño intranquilo. Observó franjas de luz de un azul violáceo a través de las contraventanas y asumió que el sol se habría ocultado tras el horizonte marino un rato antes. Se incorporó muy despacio, mucho más aliviada.

Lanzó un gemido cuando escuchó tres golpes secos en la puerta principal.

–¿Nicole? ¿Estás en casa?

Mac. ¿Qué estaba haciendo ahí? Se volvió hacia el despertador digital que brillaba en la mesilla de noche. Eran las siete en punto.

¡Dios Santo! No era posible que se hubiera presentado para la cita que habían convenido esa mañana en la playa, ¿verdad?

En ese instante, llamó al timbre.

Nicole se tapó la boca con la mano y buscó una salida. Todo el apartamento estaba a oscuras y no había una sola luz encendida. Si permanecía en silencio, tendría que abandonar y marcharse. Se había desnudado y se había acostado tres horas antes con un paño frío en la cabeza. Tomó una decisión precipitada. Podría aguantar más tiempo que él.

Se sentaría en mitad de la oscuridad toda la noche antes que enfrentarse con Quinn McGrath. Dobló las piernas, se cubrió con la sábana y esperó. Procuró olvidar su excitación de esa mañana ante la perspectiva de su cita con Mac.

Una cita que habría consistido en un paseo por la playa que se habría alargado durante varias horas. Ignoró el cosquilleo que se despertó en las proximidades de sus zonas erógenas y electrificó sus terminaciones nerviosas. Y eso se producía sólo ante la idea de pasar una velada junto a él. Si la cita hubiera tenido lugar, habría estallado.

Cerró los ojos con fuerza y se concentró en el sonido de sus pasos mientras bajaban los escalones del porche. Percibió algún movimiento, el chirrido de una puerta y una pisada sobre el suelo de madera. Bien, se había retirado. Ella había ganado.

Pero tendría que quedarse a oscuras toda la noche. En cuanto encendiera una luz, Quinn acudiría como una polilla. O un mosquito. O cualquier clase de peste.

Se deslizó fuera de la cama y escudriñó la oscuridad. Su estómago rugió y le recordó que no había comido nada en todo el día. Se había sentido tan ilusionada por su cita con Mac que no había probado bocado en el desayuno. Y demasiado abatida tras su reunión con Quinn como para almorzar.

Aguantó la respiración y sacó del cesto de la ropa sucia la primera prenda que encontró. Era la camiseta azul sin mangas del día anterior. Eso la hizo pensar en Mac. Se sumió en una tristeza dolorosa, pero se puso la camiseta de todos modos.

Se abrió camino hasta la cocina, abrió la puerta de la nevera y echó un vistazo. Había tres botellas de cerveza del día en que Sally y su hermano se habían presentado para ofrecerle su consuelo. Tomó un brick de leche y leyó la fecha de caducidad. Había caducado la víspera. La lechuga había perdido frescura y la idea de un bocadillo de queso le revolvió el estómago. Cerró la puerta de la nevera y probó suerte en el congelador.

¡Bingo! Había una terrina de helado de Ben & Jerry. Sacó el envase a la luz tenue de la nevera, quitó la tapa con la uña e inspeccionó el contenido. No estaba congelado y quedaba más de la mitad. Abrió con mucho cuidado el cajón de los cubiertos, sacó una cucharilla y volvió a cerrarlo sin un solo ruido.

Más allá de las puertas correderas de cristal, la luna había iniciado su recorrido sobre el horizonte en penumbra y derramaba una franja de luz plateada sobre el Golfo. Se sentaría en la terraza a oscuras, aspiraría el aire tropical y disfrutaría de su cena. Quinn no podría verla entre las sombras a no ser que dirigiera una luz directamente hacia su terraza y tuviera unos prismáticos.

–Es un estúpido engreído –musitó mientras abría con sigilo la puerta y se acomodaba en su acogedora butaca de mimbre, la tarrina de helado en su regazo–. ¿Creería que iba a olvidarme de la verdadera razón de su presencia aquí e iba a arreglarme como una muñeca para una cita romántica con él?

Se llevó la cucharilla a la boca y dejó que la cremosa mezcla de chocolate, plátano y avellanas se derritiera en su lengua. Echó la cabeza hacia atrás con un gemido y cerró los ojos mientras en su cabeza todavía bullía esa controversia. Levantó de nuevo la cabeza en un arrebato de indignación.

–¿Se cree tan irresistible que ha pensado que vestiría mis mejores galas, elegiría una caja de preservativos aromatizados y correría a reunirme con él para la cena?

–Eso depende. ¿Qué clase de sabor?

Nicole lanzó un grito, saltó fuera de la butaca y parte del helado se derramó sobre el suelo de la terraza. La adrenalina se disparó a través de sus venas mientras se volvía hacia la esquina en sombras donde estaba la otra butaca de mimbre. A la luz de la luna, distinguió con claridad una hilera de dientes blancos sonriendo en su dirección.

–¿Qué demonios estás haciendo ahí? –preguntó.

–No pretendía asustarte –se movió lo justo para que ella observara su expresión burlona en medio de la penumbra–. Suponía que regresarías en cualquier momento. Tenemos una...

–Estás bromeando, ¿verdad? –lo amenazó con la cucharilla–. Estás loco si piensas que voy a salir con...

–Un estúpido engreído, que no se diferencia mucho de mis otros calificativos –la interrumpió Quinn–. Pero ¿acaso no he oído algo acerca de lo irresistible que soy?

Nicole lo miró fijamente y entrecerró los ojos de modo que pudo distinguir que llevaba una camisa blanca de botones. Se la había remangado hasta los codos. Un estilo tan demoledoramente atractivo que a punto estuvo de fundirse allí mismo.

Sin apartar los ojos de él ni un instante, se agachó y recuperó el envase de helado. La mirada de Quinn también descendió con ella en un viaje de placer a lo largo de su esbelta figura. Nicole recordó, súbitamente, cómo iba vestida. Llevaba únicamente una camiseta ajustada sin mangas y unas braguitas blancas de encaje.

–¿Ésa es tu idea de la elegancia? –preguntó Quinn con una media sonrisa–. No digo que no me guste. Pero es un estilo muy... desenfadado.

Nicole se incorporó, negándose a acobardarse ante su mirada. De hecho, esa situación le proporcionó una sensación de poder frente a ese hombre. Había algo en Quinn McGrath que la animaba a quedarse de pie frente a él y obligarlo a que babeara ante su físico. Y a tenor del modo en que la miraba, tendría que secarle la barbilla en cualquier momento. Notó cómo sus labios se curvaban en una sonrisa jocosa mientras sostenía en alto la tarrina de helado.

–Estoy cenando con Ben & Jerry –dijo.

–¿No vas a invitarme? –preguntó Quinn mirándola, finalmente, a los ojos.

–Ahora que lo preguntas –Nicole se llevó una cucharada a la boca, lamió los bordes de la cucharilla con la boca, cerró los ojos, introdujo la cucharilla hasta el fondo y tragó el cremoso helado con un lánguido suspiro–, no.

Quinn se recostó de nuevo, oculto entre las sombras, negándole la oportunidad de que disfrutara con su reacción. Ella recuperó el asiento y prosiguió con su cena. Nunca antes se había divertido tanto con un helado.

–¿Por qué no me dijiste que tu bisabuelo construyó Mar Brisas? –preguntó.

–¿Cómo lo has averiguado? –se quedó paralizada con la cucharilla a medio camino.

–He estado charlando con los lugareños –respondió.

Todo el placer derivado de ese juego burlón desapareció al instante.

–Sí, bueno. Eso es historia –dijo con aparente calma mientras tomaba la cantidad justa de helado–. Historia antigua.

–Exacto –admitió Quinn–. Y ésa es la razón por la que es tan importante para ti quedarte al frente de este negocio.

–Es agradable que exista una cierta tradición, Mac –reconoció con falsa indiferencia–. Pero, en fin, es mi modo de ganarme la vida. Tan sencillo como eso.

Nicole sintió cómo se inclinaba hacia delante, pero no apartó la vista del helado. Quizá advirtiera el deseo o... mucho peor, el sufrimiento en sus ojos.

–Es un nexo de unión con tu padre, que falleció cuando eras una niña –señaló.

Dejó la tarrina de helado sobre la mesa que tenía al lado con un golpe y le dirigió una mirada fulminante.

–¿Y eso qué demonios te importa a ti? Sólo se trata de una pequeña propiedad en primera línea de playa que puedes transformar en una mina de oro inmobiliaria. Se trata de un asunto de negocios, ¿recuerdas? Mi pasado y mi familia no tienen nada que ver en todo esto.

–Es posible –señaló con un tono de voz más dulce.

Entonces arrastró su butaca sobre el suelo de la terraza hacia ella y se colocó bajo un rayo de luz de luna que lo iluminó directamente. Y resultaba tan atractivo en la penumbra de la noche como a plena luz del día.

–Pero tengo que sopesar todos los aspectos que afectan al negocio –añadió.

–¿Qué tienes que considerar, Mac? –Nicole dobló la piernas y se acurrucó en la butaca–. ¿Qué quieres saber? ¿Qué te haría cambiar de opinión?

Para su sorpresa, alargó la mano y tocó su brazo. Notó la piel cálida y sus dedos enviaron una descarga eléctrica a través de su cuerpo.

–¿Compraste este lugar porque lo construyó tu bisabuelo? –preguntó.

–Compré este lugar porque representaba algo muy importante para mí. Es el corazón de la Isla de San José. El alma de una ciudad pequeña que me acogió en su seno cuando quedé huérfana y me ha convertido en una persona adulta bastante equilibrada. El hecho de que mi bisabuelo levantara todo esto me resulta entrañable. Pero es la suma de todos los factores. La historia, el emplazamiento, el color y... –se levantó para alejarse de él y del efecto que su proximidad provocaba en sus emociones–. Me temo que no lo entenderías.

Se alejó unos pasos hasta la esquina opuesta de la terraza, sumida en las sombras.

En menos de un segundo, Quinn estaba frente a ella. Aspiró el olor del bálsamo para la piel que se mezclaba con el aire impregnado de la humedad del mar.

–Te aseguro que lo entiendo muy bien –indicó.

Nicole lo miró fijamente, incapaz de pensar en una respuesta porque no podía traspasar el reflejo de la luna en sus ojos negros. Tan sólo podía adivinar la solicitud en su mirada, el deseo. Quinn separó los labios y ella pensó, por un momento, que iba a besarla. Se echó hacia atrás hasta que se topó con la barandilla.

–Mi padre era constructor –dijo con calma mientras tomaba un mechón de su melena entre dos dedos y jugaba con él–. Diseñaba y construía unas casas preciosas. Mis hermanos y yo trabajamos para él cada verano desde que fuimos capaces de soportar el peso de un cinturón para las herramientas. Sudábamos la gota gorda, remachábamos, empujábamos las carretillas, preparábamos el cemento y los adoquines para el suelo El resultado siempre era una mansión espectacular ante la que sólo cabía extasiarse y suspirar. Y entonces pensabas que había sido obra tuya.

Nicole lo miraba detenidamente, presa del asombro.

Soltó el mechón de pelo que sostenía entre los dedos y lo sustituyó por otro. Aprovechó ese momento para acercarse un poco más a ella. Rozaba sus piernas desnudas y, prácticamente, su torso semidesnudo. Nicole contuvo la respiración.

–Aquello me encantaba. Pero mi padre pensaba que el éxito no consistía en construir casas para los ricos. Aquello no era importante. Quería que nosotros viviéramos en esas casas, vistiéramos trajes caros y tuviéramos un trabajo que nos exigiera un esfuerzo intelectual en vez de un esfuerzo físico. Nos animó a mis hermanos, Cam y Colin, y a mí a que buscáramos trabajos mejor pagados, alejados de la construcción.

Ella todavía contenía la respiración.

–Y lo has conseguido –acertó a balbucir.

–Desde el punto de vista de mi padre, sí –estudió sus facciones y después volvió a sus ojos–. Pero respeto lo que hizo tu padre y... lo que tú intentas hacer.

Quinn acarició su mejilla con el pulgar. Una chispa de esperanza alumbró su corazón, pero Nicole no se detuvo a considerarlo. El calor que emanaba de su cercanía la ahogaba por completo. Quinn llevó la otra mano hasta su cintura y la sujetó con firmeza. Su boca estaba a pocos centímetros de ella y una sola respiración separaba su fornido torso de su prominente busto.

Una quemazón inesperada prendió en su pecho. Experimentó un cosquilleo en el estómago. Sintió una fuerte presión, sensual y creciente, entre las piernas. Miró a Quinn a los ojos y, después, su boca ardiente.

–Quiero besarte –se acercó un poco más y ella sintió su aliento–. Ahora.

¿Acaso no podía negarse? ¿Acaso no podía? Separó los labios a modo de respuesta, ensordecida y debilitada por el fragor de la sangre que se agolpaba en su cabeza. Cerró los ojos y sintió sus labios sobre ella antes de que pudiera pensar en nada. Su boca estaba caliente y ella buscó abarcarla de inmediato. Humedeció sus encías y después enroscó la lengua en la suya como en un cortejo amoroso.

–¡Avellana! –susurró con voz grave entre dientes–. ¡Y plátano!

Ella quiso reírse, pero sólo emitió una suerte de gemido apagado. Quinn volcó el peso de su cuerpo contra ella, aprisionada contra la barandilla, y sus manos se deslizaron sobre sus caderas desnudas y acariciaron los muslos.

¿Por qué estaba besando a Quinn McGrath otra vez? La voz de la cordura sonó lejana en el fondo de su conciencia, pero el bombeo de la sangre acalló de inmediato el eco de su pensamiento. ¿Por qué estaba medio desnuda a la luz de la luna y disfrutaba de esa sensación? Quinn deslizó la lengua sobre la curva de sus pechos y bajó el tirante de la camiseta hasta que desnudó su hombro.

Apartó un poco más el tejido sintético y expuso a su mirada lasciva el sujetador de encaje. Se inclinó y presionó su boca contra la cima de su pecho. Después disparó el dardo de su lengua sobre la piel. Ella aspiró sobresaltada y se arqueó para facilitarle la operación. La mano acarició su cintura, el torso y la curva de su pecho. Durante un interminable segundo, rozó con el pulgar el pezón.

Nicole llevó sus manos al pecho de Quinn, reconoció al tacto los músculos del abdomen y bajó hasta su cintura. Atrajo su cuerpo hacia ella, extasiada ante ese poder masculino, y reprimió el impulso de rodearlo con las piernas.

Su corazón palpitaba de un modo salvaje e inició un movimiento constante de las caderas acorde a ese ritmo. Cada contacto ardiente con la tela de los pantalones de Quinn debilitaba sus defensas. Necesitaba mucho más, tenía que sentirlo, saborearlo y entregarse a él por completo.

–Sólo por esta noche, Dama mía –suspiró–. Olvídate de Quinn. Olvídalo todo.

Deslizó la mano sobre su vientre y rozó el elástico de sus braguitas.

–¡Quinn! –gimió.

–Soy Mac. Y tú eres mi Dama de Azul –su mano descendió peligrosamente sobre la piel inflamada–. Y estoy respondiendo a tu anuncio.

Nicole no podía respirar, no podía pensar. En

el momento en que dos de sus dedos alcanzaron el destino final, se puso de puntillas y lo besó con frenesí.

Una vez más, su lengua entró y salió como un relámpago de fuego, imitando el movimiento de sus dedos. Dentro y fuera, en un ritmo enloquecedor, erótico.

–Mu dulce Dama de Azul –los dedos se hundieron con más fuerza y Nicole se sorprendió del inmenso placer que eso le proporcionó–. ¿Acaso ese anuncio tuyo no decía algo acerca de otro viaje al paraíso?

Ella gimió y echó la cabeza hacia atrás, entregada al tacto de su mano, de su boca y de su aterciopelada voz.

–¡A-ha!

–Pues hagámoslo.

Capítulo Siete

–¡No!

Quinn tardó unos segundos en asimilar su respuesta. Estaba perdido en esa piel sedosa de ensueño y su cuerpo había alcanzado el punto máximo de ignición. No estaba seguro de lo que había oído.

–¿No? –se puso completamente rígido.

Ella se apartó ligeramente y giró el cuello, donde la voracidad de su deseo había encontrado acomodo en la ternura de su piel de melocotón. Mantuvo los ojos cerrados. Pero su respiración agitada se acompasaba al ritmo de Quinn.

–No voy a acostarme contigo –dijo.

Deslizó los dedos hacia fuera un milímetro, pero éstos se negaron a abandonar la calidez que habían encontrado... y que iría en aumento.

–Te garantizo que no dormiremos ni un instante –respondió.

–No voy a irme a la cama contigo –rechazó con una sacudida de la cabeza.

–No necesitamos una cama, cariño –una cierta desilusión se instaló en sus entrañas–. Aquí mismo me parece un buen sitio.

–No voy a hacer el amor contigo, Quinn –apuntó con una tímida sonrisa.

Bueno, ahora había surtido efecto. Deslizó las yemas de los dedos fuera de la frontera que marcaba el elástico de las braguitas y apoyó la mano en su hombro.

–Ya te lo he dicho, soy Mac.

–¿Crees que eso cambiaría las cosas? –preguntó con dulzura–. ¿Crees que si rodáramos por el suelo de la terraza o en la cama e hiciéramos el amor de un modo salvaje hasta que nos quedáramos sin aliento cambiaría en algo las cosas?

–Bueno, visto de esa manera... –colocó el tirante de su camiseta azul sobre el hombro en un movimiento inverso a lo que reclamaba su maltrecha voluntad–. También podría echarme a llorar como un hombre adulto.

Ella rió y eso reconfortó a Quinn, súbitamente consciente de lo mucho que le gustaba su risa. También había disfrutado al verla fuera de control mientras presionaba su escultural figura contra su cuerpo. Pero le encantaba hacerla reír.

Quinn alineó los tirantes en su sitio y se concentró en alejar las manos de todos los lugares prohibidos que reclamaban su atención. Retrocedió un paso y separó sus labios de la boca de Nicole. Pero, consciente de la intensa excitación de su cuerpo, asumió que le llevaría un tiempo recobrar sus instintos de caballero.

Suspiraba por ella. Apretó los músculos de sus hombros para controlar sus ansias. La urgencia de su propio deseo lo conmocionó. Deseaba a Nicole. Deseaba tumbarla boca arriba, quitarle esas braguitas de encaje y enterrarse en ella. Deseaba devorar sus carnosos labios y estrujarla entre sus brazos... ¡Oh, Señor! Su respiración era cada vez más agitada. Cerró los ojos.

–Eres una mujer demasiado atractiva, señorita Whitaker.

Durante un instante, lo miró fijamente con sus grandes, intensos e inescrutables ojos azules. Entonces, se mordió el labio inferior y la tristeza se instaló en ellos.

–Será mejor que te vayas, Quinn.

–Espera un minuto –deslizó sus manos a lo largo

de sus brazos desnudos y tomó sus manos–. Puedo controlarme. Me prometiste una cita y he venido para que salgamos.

Ella abrió la boca, pero Quinn selló sus labios con el dedo índice.

–Está bien, no saldremos. Pero ¿podríamos... charlar?

Ella lo miró con escepticismo ante esa declaración de intenciones.

–Nosotros no charlamos. Nos peleamos y...

–Jugamos –terminó con una media sonrisa–. ¿Así que por qué no intentamos mantener una conversación cordial y civilizada? Cenaremos aquí mientras hablamos.

–No tengo nada que ofrecerte –ella negó con la cabeza.

–Prepararé algo –insistió Quinn–. Soy un buen cocinero.

–Dame cinco minutos –dijo ella, resignada–.Me gustaría ducharme.

Se volvió hacia ella para recrearse en su figura bañada por la luz de la luna. Respiró hondo, pero no apartó los ojos de ella hasta que desapareció en la oscuridad. Y por primera vez desde que había entrado en su despacho, Quinn recordó la impresión que se había instalado en su alma desde su primer encuentro con la Dama de Azul.

Ella era su alma gemela.

Y si no era ella, su imitación era casi perfecta.

Nicole dejó que el agua corriese sobre su cuerpo con fuerza y empapara su piel para sentirla como hubiera querido sentirlo a él. De una forma plena, absoluta.

El vapor de agua envolvió su cuerpo en una nube mientras se enjabonaba el pelo con champú. Nunca había reaccionado de ese modo frente a ningún hombre. No tenía la menor idea de que pudiera hacerlo. Bajó una mano hacia su vientre mojado y siguió el itinerario que había marcado a fuego con sus caricias. Todavía sentía el deseo acumulado en esa parte de su cuerpo.

Cerró el grifo con más fuerza de la necesaria y se concentró. Se tomó tanto tiempo para secarse el pelo que estuvo a punto de quemarse las puntas. Después, se puso un poco de colorete. Estaba demasiado pálida. Pero rechazó la barra de labios y cerró la cremallera de su neceser. No se trataba de una cita, en ningún caso.

Así que tampoco elegiría un bonito vestido. Se puso un sujetador, una camiseta blanca y un pantalón de chándal, que ajustó con fuerza mientras sopesaba la posibilidad de anudárselo. No permitiría que Quinn McGrath entrara en sus pantalones ni en su corazón. Miró su reflejo en el espejo. Pero tan sólo recordaba el tacto de sus dedos en la intimidad de su feminidad y la succión de sus labios sobre su busto.

«Eres tan hermosa, Nicole».

Igual que un traidor, sonrió ante su propia imagen reflejada. Quinn lograba que se sintiera de ese modo. Hermosa. ¡Oh, no! No quería reunirse con él.

Y también conseguía que se sintiera atractiva, caliente y hambrienta.

–Hambrienta –se repitió mientras ajustaba un poco más el cordón del pantalón–. De cara a la cena. Veamos qué ha ideado Merlín en la cocina.

Al abrir la puerta del dormitorio, una luz dorada parpadeaba en la estancia principal del apartamento. El salón, pegado a la cocina, estaba en penumbra. Pero fijó su atención en la mesa del rincón, iluminada únicamente por dos velas.

Quinn estaba apoyado en el mostrador de la cocina, cruzado de brazos, y sonreía satisfecho. Ella lo miró y después desvió la mirada hacia la mesa. Había dispuesto su mejor vajilla y las servilletas de tela. Y en cada plato había... un sándwich.

–La especialidad de la casa –dijo mientras retiraba la silla para ella–. Crema de cacahuete. Y gelatina, por supuesto. Si no es de tu gusto, he encontrado un poco de queso curado.

–Esto servirá –dijo riéndose–. Gracias.

Ocupó la silla frente a ella, levantó la botella de Corona y el vaso de Nicole.

–Me temo que hemos agotado las reservas de nuestro mejor vino –recitó con solemnidad–. Quizá se conforme con un poco de cerveza mexicana.

Ella asintió, sonriente, y notó una extraña estrechez en la garganta. Era demasiado amable, ¡demonios! ¿Acaso no era suficiente que fuera increíblemente atractivo? ¿Y que pudiera derretirla por completo con un solo beso? ¿Además tenía que comportarse con amabilidad, encanto y consideración?

Observó cómo servía la cerveza de modo que no tuviera mucha espuma y después hizo lo propio en su vaso. Al término de la operación, levantó su vaso y Nicole tragó saliva con dificultad.

¿Qué le diría? Nicole dudó mientras levantaba el vaso. ¿Brindaría por ellos? ¿Por la venta de la propiedad?

–Brindemos por éxito de la publicidad –su mirada se ensombreció mientras se llevaba el vaso a la boca, pero fue ella quien bebió un trago–. Ha unido al hombre misterioso con la Dama de Azul. Ahora ya puedes retirar la campaña.

–¿Perdona? –se atragantó con la cerveza.

–Quiero que retires la campaña.

–¿Por qué? –dejó el vaso en la mesa y lo miró con severidad–. Nadie sabe... en qué me he inspirado. Además, está funcionando muy bien.

–Nicole, por favor, retíralo –su voz se suavizó.

–Delicioso, maestro –mordió la esquina del sándwich–. Tu talento no tiene límites.

–No cambies de tema –dijo con una sonrisa taimada–. Quita el anuncio.

–Ya te he dicho que no te gusta porque está funcionando –apuntó a Quinn con el sándwich–. Y si funciona, podría conseguir el dinero necesario para librarme de Promociones Jorgensen y de ti.

¿Acaso una sombra de disgusto había velado su expresión? Estaba realmente interesado en ese negocio.

–No me apetece que todo el mundo sepa...

–Bueno, no tienes que preocuparte por nada, Mac. Ya ha llegado la hora de que coloquemos el siguiente episodio –dijo Nicole.

–¿El siguiente episodio? –repitió, boquiabierto–. ¿De qué estás hablando?

–Se supone que la campaña consiste en una serie de mensajes –dejó la servilleta sobre su regazo–. Una especie de historia romántica por episodios.

–Una historia... –tragó saliva–. ¿Y cómo termina?

Una fabulosa sesión de sexo, promesas de amor eterno y una proposición de matrimonio.

–Igual que cualquier historia de ficción. Tiene un final feliz –Quinn la miró con recelo–. Esta semana añadiré algo más.

–¿Qué piensas poner?

–Es una sorpresa –contestó, si bien lo ignoraba por completo.

–No me gustan las sorpresas –amusgó la mirada y dejó el sándwich en el plato.

–¿En serio? Entonces te habrás sentido fatal cuando has llegado a mi despacho esta mañana –apuntó.

–Es una apreciación bastante acertada –dijo y comenzó a comer con desgana.

¿Por qué le gustaba que se hubiera sentido tan mal? Necesitaba un tema de conversación menos peligroso.

–Así que tienes dos hermanos. ¿Cómo has dicho que se llamaban?

–Cameron tiene casi treinta y cinco años. Y Colin acaba de cumplir treinta y uno.

–¿A qué se dedican tus hermanos? –preguntó.

–Cam trabaja en un banco de inversión y Colin es arquitecto.

–Así que tu padre estará orgulloso –dijo Nicole con calma–. Ninguno de vosotros carga con un cinturón de herramientas.

–Parece que disfrutan con su trabajo –señaló con indiferencia.

–¿Y tú, no? –preguntó, intrigada por el cinismo que percibió en su tono de voz.

–Sí –aseguró–. Es gratificante y supone un desafío diario. Y estoy en el buen camino.

Otra alarma se encendió en la cabeza de Nicole. ¿Qué supondría en su meteórica carrera la compra de Mar Brisas?

–Y, una vez que cierres el trato de esta propiedad, ¿qué obtendrás? ¿Una bonificación? ¿Un despacho más grande?

–Me convertiré en socio. A mis treinta y tres años, seré el socio más joven de Promociones Jorgensen.

Su respuesta fue como una bofetada. No tanto sus palabras o la idea, sino la certeza con que lo había dicho. Había un desafío en su mirada cuando la miró.

–¿En serio? No pareces muy... –no sabía cómo expresarlo– ilusionado.

–Me gusta el trabajo –reconoció con cierta indiferencia–. Pero mi jefe es un adicto al trabajo. Y no es que me preocupe el trabajo duro. Pero...

–¿Qué? ¿Muchas horas?

–No –reprimió una sonrisa y sacudió la cabeza–. La avaricia. Ese deseo incontrolado por cerrar más tratos, construir más edificios, contratar a más gente y más, bueno, más dinero. Te aseguro que lo entiendo. Pero a veces creo que tienen que existir otras cosas aparte del dinero.

–Es fácil decirlo cuando ya eres rico, Mac –Nicole le dirigió una mirada sarcástica.

Durante un minuto, se limitó a estudiarla. Su atención se dirigió hacia su boca, bajó hasta el busto y regresó a sus ojos. Cada vez que su mirada repasaba su cuerpo de ese modo, Nicole sentía un vértigo en sus entrañas.

–Quieres quedarte con este sitio, ¿verdad? –confirmó Quinn con una determinación que lo sorprendió.

–Desde luego.

–Supuse que eras una estafadora, Nicole. Creía que te habías quedado con el dinero del seguro y que esperabas la mejor oferta mientras te acechaba la bancarrota.

–Pues te equivocaste conmigo.

–Eso ya lo sé. En primer lugar, no eres Nicholas Whitaker –su mirada sobrevoló su pecho–. Obviamente, estaba equivocado. Pero, más allá de tu condición femenina, no respondes al modelo de propietario con el que asumí que tendría que enfrentarme cuando me hice cargo del proyecto de la Isla de San José.

–¿En qué consiste exactamente ese proyecto? –preguntó al tiempo que se le helaba la sangre en las venas.

–La reurbanización de la isla. Después del huracán, Dan Jorgensen ideó un plan estratégico para hacerse con la mayor parte del terreno –frunció el ceño, incapaz de entender por qué eso la molestaba tanto.

La crema de cacahuete y la cerveza se coagularon en su estómago. Muy despacio, retiró la silla y se incorporó mientras aplacaba su ánimo.

–¿Sabes, Mac? Creo que cenar con el enemigo

puede resultar tan malo con acostarse con él. Quiero que te marches.

–Sólo son negocios, Nicole –se levantó con un suspiro y se plantó frente a ella–. Es una cuestión de números. Se trata de progreso. Una cuestión inmobiliaria no es la guerra.

Ella se cruzó de brazos, pero resultaba una barrera inútil frente a su cercanía.

–Creo que no lo miras desde mi punto de vista. Habéis convertido esta esquina del paraíso en una sucesión atroz de edificios rosas y amarillos. Ya no queda nadie porque tú y ese jefe tuyo con su plan estratégico habéis borrado la historia y la cultura del mundo en el que me he criado.

–¿Qué piensas hacer, Nicole? –preguntó y tomó su mano–. Perderás la propiedad en cualquier caso. Al menos, yo podría conseguirte un trato realmente...

–No quiero ninguna oferta –se soltó con rabia–. Quiero mi hotel. Y quiero que recupere su esplendor de antaño. No quiero marcharme y no quiero perderlo. Significa mucho para mí. Este sitio lo es todo para mí.

Cerró los ojos con fuerza en un esfuerzo inútil por impedir el paso de las lágrimas.

–Eso me pone en una situación muy difícil –admitió–. No quiero herirte ni arruinarte.

–Pero se trata de tu trabajo –añadió Nicole–. Y te juegas mucho.

–Voy a quedarme aquí una semana –dijo–. Quizá se me ocurra algo.

–¿Qué, exactamente?

–Has dicho que guardabas varias cajas con tejas nuevas. Podría sustituir las tejas rotas del tejado, arreglar algunos de los adornos y los marcos de las ventanas. No soy experto en los sistemas del aire acondicionado, pero –y sonrió con astucia– quizá se me ocurra algo para ese endemoniado ascensor.

Todo el cuerpo de Nicole se hizo agua. Pero no

se trataba de ese calor lascivo en que se había fundido horas antes. Era algo completamente diferente. Era una suma de gratitud, reconocimiento, esperanza y... ¡Dios Santo!, algo peligrosamente cercano a un sentimiento que nunca antes había experimentado y que no deseaba.

–No puedo pagarte –dijo.

–Trabajaré a cambio de un poco de mantequilla de cacahuete –sonrió.

–Está bien, de acuerdo –aceptó Nicole–. Tienes vía libre para hacer lo que quieras. ¿Seguro que es así como quieres disfrutar de tus vacaciones?

–Es una clase de trabajo que me gusta –insistió mientras se dirigía hacia la puerta–. Siempre que no subas al tejado en ropa interior y me precipites a una muerte prematura.

Nicole sintió una ráfaga de aprecio hacia él. Y tomó una decisión impulsiva.

–En ese caso, haré algo con respecto a ese anuncio.

–Gracias –le guiñó un ojo–. Eres una auténtica dama. Y puesto que yo soy un auténtico caballero, voy a retirarme sin solicitarte un abrazo de buenas noches –se llevó dos dedos a los labios y le mandó un beso delicado.

Ella exhaló finalmente, incapaz de descifrar la emoción que había invadido su corazón. Era desconocida y aterradora. Esa clase de sentimiento que siempre había rechazado porque creía, en lo más profundo de su alma, que siempre venía acompañado por una pérdida irreparable.

Pero, pese a todo, ahí estaba. Y los primeros tentáculos ya abrazaban su corazón. Era amor. O algo peligrosamente cercano.

Capítulo Ocho

Nicole reconoció el perfume de su tía Fredericka Whitaker mucho antes de que se personase en su despacho. Naturalmente, se detendría en la mesa de Sally para charlar con ella y embarcaría a su empleada en una alegre conversación. Y puesto que sólo se había producido un cambio en el paisaje del hotel, Nicole anticipó en su cabeza qué habría llamado la atención de su tía.

–¿Quién, o mejor dicho, qué está en el tejado, cielo? –preguntó.

–¡Tía Freddie! Ese color te sienta de maravilla.

En un gesto más propio de una estrella dramática de la televisión, Freddie se despojó de su pamela fucsia, se abanicó su melena azabache y ocupó una de las sillas del despacho con un suspiro. Se ahuecó la falda de retales blancos y rosas de algodón.

–¿Te gusta? Acabó de vender quince modelos como éste a Lilly en Nápoles. Es lo último, querida.

–Es decididamente muy... tuyo.

–¿Quién anda subido en el tejado? –entrecerró sus ojos azul aciano–. Habría llegado antes, pero he tenido que detenerme en el aparcamiento para... mirar.

Nicole comprendía perfectamente a su tía. Los últimos dos días había buscado las excusas más peregrinas para ausentarse de su despacho y vagar por las instalaciones mientras su mirada apuntaba hacia el tejado. Había estado a punto de empotrarse contra una palmera ante la visión de Quinn

McGrath con el torso desnudo, los músculos esculpidos en el esfuerzo, recubiertos en una pátina de sudor, mientras arrastraba los barriles con las tejas y reemplazaba las piezas rotas.

Después haría una pausa, inspeccionaría su trabajo mientras se secaba la frente con un pañuelo y se refrescaría con un buen trago de agua. Eso ya habría bastado para que cualquier mujer se derritiese, pero tenía otra costumbre más peligrosa.

Derramaría una buena cantidad del agua de la botella sobre su cabeza y dejaría que las gotas transparentes se deslizaran sobre su rostro, bailaran en sus hombros y formaran diminutas cascadas que centelleaban al sol. Nicole sólo... miraba. Y transpiraba. Y fantaseaba. Entendía muy bien el retraso de su tía Freddie.

–¿Quién es? –insistió su tía.

–Es Quinn McGrath. Está arreglando el tejado.

–¿El agente inmobiliario de Nueva York? –preguntó atónita.

–Sí –Nicole sintió una punzada en el estómago, pero su expresión permaneció fría–. Se ha ofrecido a echarme una mano.

–Vaya, vaya, vaya –su tía se inclinó hacia delante y aspiró todo el oxígeno del despacho–. Veo que has seguido mi consejo y has logrado que se pusiera de tu lado.

–Parece muy interesado en adecentar el aspecto de la propiedad y, obviamente, le gusta mucho esa clase de trabajo. El lunes por la noche, cuando supo que disponía de las tejas nuevas, pareció que...

–¿El lunes por la noche? –ningún detalle carecía de importancia a los ojos de su tía–. Una reunión de trabajo muy larga. ¿Se alargó hasta la noche?

–No, exactamente. Me encontré con él esa noche y sugirió la idea –se incorporó y empujó la silla hacia atrás–. ¡Dios! Ojalá supiera cómo se arregla el aire acondicionado. No recuerdo un verano tan húmedo como éste.

Freddie no se movió de su sitio, pero Nicole sintió su escrutadora mirada sobre su figura. Estaba asimilando, sin ninguna duda, su vestuario. Llevaba una camiseta ajustada sintética y unos vaqueros blancos.

–¿Dónde te encontraste con él? –preguntó Freddie.

–En la playa –contestó.

Nicole se recogió el pelo y lo sujetó con un lápiz. Se acercó a la ventana, desde dónde contempló la extensión de agua verde azulada y la franja de arena blanca que se extendía entre su apartamento y el bungaló 1701.

–Vaya, mira –se volvió hacia su tía con una sonrisa–. Los huéspedes del apartamento 17 ya han llegado. Ahí está su coche. Hacía mucho tiempo que no nos iban tan bien las cosas, tía Freddie Ya hemos reservado el apartamento 18. Voy a trasladarme al hotel durante una semana.

–Supongo que todo se debe a esos anuncios de la carretera –su tía arqueó una ceja.

–Supongo que sí –se cruzó de brazos y se inclinó hacia delante con una sonrisa–. ¿Quieres que salgamos a comer algo? Estoy hambrienta.

–Una imaginación desbordante –el perfume de su tía llegó a Nicole en ráfagas debido al movimiento constante de la pamela–. Tienes un talento oculto para... la publicidad.

–Las crisis requieren soluciones desesperadas –Nicole se agachó, abrió el cajón inferior de su mesa y sacó el bolso–. ¿Qué te parece si probamos ese nuevo local que han inaugurado en el mirador?

–¿Y si me presentas al nuevo encargado de la reforma del tejado?

–No tiene sentido, tía Freddie –cerró el puño sobre la correa del bolso–. Sólo se quedará aquí una semana.

–He traído suficiente zumo de pomelo, sándwich y ensalada para todo un regimiento. Y todavía sobrará una buena cantidad –señaló Freddie–. Creía que habíamos quedado para un almuerzo al aire libre. Vamos a decirle a ese Quinn tuyo que nos acompañe.

Nicole sabía que no había escapatoria cuando su tía tenía una idea en la cabeza.

–No es nada mío –replicó con cierta debilidad.

–Pues ese cuerpo debería tener dueño –sentenció su tía.

El fugaz destello de rosa brillante llamó la atención de Quinn, pero dirigió su mirada de inmediato hacia la visión que surgió junto a esa pincelada chillona de color. Nicole Whitaker, vestida con pantalones blancos y una camiseta azul marino muy ceñida, estaba de pie al lado de una de las mesas de la piscina y sacaba algo de una nevera portátil. Pero fue la mujer de rosa quien ahuecó las manos en torno a la boca.

–¡El almuerzo está listo en la terraza!

La mujer abrió los brazos en cruz. Después, se quitó un ridículo sombrero y lo agitó en el aire a modo de saludo para que se uniera a ellas. Quinn esbozó una sonrisa perlada, recuperó su pañuelo y se encaminó hacia el balcón de la habitación que servía de almacén. Una vez que se había refrescado y se había cambiado de camiseta, se dirigió hacia la piscina. Allí se encontró con que Nicole y su acompañante habían preparado un pequeño banquete.

Apenas había intercambiado unas palabras con Nicole la víspera cuando ella le había indicado dónde se encontraban las tejas y las herramientas que necesitaría. Después se había marchado para que hiciera su trabajo. Pero había descubierto su presencia en multitud de ocasiones mientras supervisaba sus progresos. De hecho, había merodeado por la piscina y el aparcamiento un montón de tiempo con los ojos clavados en él. Si tenía en cuenta que estaba desarrollando un trabajo manual gratuito, su jefa lo tenía sometido a una vigilancia intensiva.

–Quinn –dijo Nicole sin mirarlo a la cara mientras doblaba una servilleta de papel–. Te presento a Fredericka Whitaker.

La tía Freddie. Tendió la mano hacia ella.

–Es un placer conocerla –dijo.

–El placer es mío, señor McGrath –replicó la buena mujer con evidente admiración.

–Quinn, por favor –miró a Nicole, que vertía un líquido tan rosa como el vestido de su tía en unos vasos de plástico–. Claro que algunas personas me llaman Mac

–Todo el mundo me llama Freddie –sentenció ella que, pese a su edad, se conservaba muy bien y lucía una envidiable figura–. ¿Querrías acompañarnos?

–Será un honor –dijo y ofreció asiento a Freddie.

–Gracias –la mujer resplandeció y sonrió a su sobrina.

Ofreció también una silla a Nicole. Ella ocupó su asiento con expresión recelosa.

–Bueno, Nicole, la situación no es tan mala como parece en el tejado –dijo mientras se sentaba y arrimaba la silla a la mesa–. El ala oeste presenta la situación más delicada. No cabe duda que el huracán azotó esa zona con mayor violencia. Pero la parte delantera se conserva relativamente bien.

La tía Freddie sirvió ensalada de patata en su plato, pero Quinn no apartó la mirada de la expresión esperanzada de Nicole.

–¿En serio? ¿Crees que podría aguantar algunas temporadas más sin un recambio completo del tejado?

–Quizá si contara con la ayuda de un par de trabajadores más –apuntó.

La tía Freddie se aclaró la garganta y levantó su vaso repleto de esa bebida rosa.

–No sé si las mujeres de la Isla de San José podrían enfrentarse a un problema así, pero brindaré por ello –dijo.

Quinn esbozó una sonrisa luminosa ante esa inesperada aliada.

–¿Qué tal aguantan los remiendos temporales que he hecho? –preguntó Nicole, muy poco interesada en el efecto que Quinn tendría en las mujeres de la isla y aterrorizada ante esa posible discusión.

–Has hecho un trabajo muy bueno –admitió y sonrió a Freddie mientras bebía un sorbo del brebaje de color rosa.

–Claro que ha hecho un buen trabajo –recalcó Freddie, encantada ante el signo de apreciación que había recibido su explosiva mezcla–. Es la chica más trabajadora, más independiente y más decidida que conocerá en toda su vida.

–Esos fabulosos rasgos son una herencia directa de mi tía –apuntó Nicole con timidez.

–Estoy seguro que tú también fuiste una mujer inteligente y muy trabajadora para criar a una niña en soledad –afirmó Quinn.

–Eso es cierto –la mujer enarcó las cejas con sorpresa–. Nic y yo lo pasamos muy bien juntas. Aquí mismo, de hecho. El enclave más bonito de San José. Hemos celebrado tantas comidas al aire libre, tantas barbacoas y reuniones con todos los lugareños durante las celebraciones del Día de la Independencia, que ahora todo se funde en una nebulosa de recuerdos felices.

Quinn observó cómo las dos mujeres compartían una cálida sonrisa cómplice.

–Apostaría cualquier cosa a que he pasado en este sitio todos los fines de semana y las tardes de verano durante diez años –dijo Nicole.

–No es raro que se gastara hasta el último céntimo de su herencia en la entrada para recuperar la propiedad de Mar Brisas –señaló Freddie, la mirada fija en Quinn.

Sintió un pinchazo en la boca del estómago, pero no se trataba de la bebida. Ella lo había invertido todo y él había aparecido para acelerar los trámites del juicio hipotecario. Y, en el proceso, había intentado seducirla. ¡Menudo canalla!

–Quizá podrías reconsiderarlo –sugirió Freddie, inclinada hacia delante y envolviéndole en vaharadas de su perfume de canela.

–¿A qué se refiere? –frunció el ceño.

–La compra de la propiedad –insistió Freddie.

–¡Tía Freddie! –Nicole puso su mano sobre el brazo de su tía–. No tienes que involucrarte en este asunto. ¡Es mi guerra!

Quinn paseó la mirada de una a otra. Ojalá pudiera reconsiderarlo.

¿Y si se tratase de su alma gemela? ¿Y si arruinase el futuro de su media naranja a cambio de un título y un aumento? Esa idea lo puso enfermo.

–Es un poco pronto para que pueda pronunciarme a ese respecto –señaló–. Una vez que haya estudiado los documentos del banco, quizá pueda...

–Quedarse con Nicole.

No era posible que ella supiera hasta qué punto deseaba precisamente eso. De hecho, hasta ese instante, tampoco él había sido consciente de esa urgencia.

–Se refiere a que me permitieras continuar al frente del negocio –explicó Nicole con una sonrisa tímida–. Si consideraseis la posibilidad de quedaros con la propiedad en vez de derribarla y construir algo diferente, yo podría conservar mi puesto... tras el cambio de propietario.

–Ha sido una invitación inesperada –se levantó y señaló con un gesto el edificio a su espalda–. Pero será mejor que vuelva a mi trabajo en el tejado.

–¡Dios bendito! Estás trabajando muy duro –Freddie se cubrió los ojos con la mano a modo de visera y lo miró de arriba abajo con delectación–. Nicole, ¿cómo le estás pagando a este hombre?

–Crema de cacahuetes –apuntó Quinn con una sonrisa mientras observaba un destello en la mirada sorprendida de Nicole.

Entonces, en un acto impulsivo, se agachó y besó en la mejilla a la tía Freddie.

–Ha sido un placer, tía Freddie –dijo–. Este brebaje tuyo es genial.

Guiñó un ojo y se alejó. Incapaz de resistirse, miró por encima del hombro y encontró la mirada de Nicole clavada en él.

Se llevó dos dedos a la boca y le envió un beso leve. Encantado, observó cómo su maravilloso rostro se iluminaba en respuesta.

–La crema de cacahuete es una moneda de cambio interesante –la tía Freddie jugó con el dobladillo de su falda–. Tiene muchas proteínas.

–¡Tía Freddie! Eso no son más que imaginaciones –le reprochó Nicole.

–¿De veras? –se inclinó hacia delante y tomó de la barbilla a su sobrina–. Cielo, había tanta química entre vosotros que hubiera podido cortarla con un cuchillo. El único que imagina cosas es ese adonis que piensa en ti en todas las posturas inimaginables.

–¿Cómo lo has sabido? –preguntó mientras recogía los restos de la comida.

–Sospeché algo en cuanto vi que no te preocupabas por ocultar tu exuberante figura. Pero la realidad es que me olí los problemas cuando observé a ese Apolo bebiendo agua y refrescándose en el tejado –indicó.

–Una imagen llamativa, ¿verdad? –Nicole sonrió.

–Pero lo cierto es que lo adiviné en cuanto leí el

mensaje de la valla publicitaria –miró a su sobrina por debajo del ala de su sombrero–. Es todo un caballero. Tienes mi bendición, querida.

–Intenta quedarse con mi propiedad –recordó–. No es ningún santo.

–Está indeciso –sacudió la cabeza–. Necesita tiempo. Y crema de cacahuete.

–Una broma privada –Nicole no reprimió una carcajada, pero recuperó el asiento, aliviada–. Hace que sienta... cosas. Y no me refiero sólo a lo evidente, tía Freddie. Cosas mucho más profundas e inesperadas.

–¿Inesperadas? ¿Acaso no esperas enamorarte algún día? Querida niña, ya has cumplido veintiocho años –apuntó Freddie.

–¿Y tú? Aparecí en tu vida cuando tenías exactamente esa edad.

–Es cierto. Fuiste el mejor regalo que me ha hecho esta vida –se acercó a ella y engarzó un mechón suelto en su coleta–. Pero sólo porque yo no encontrase a mi pareja ideal no tiene que ocurrirte a ti lo mismo.

–Me gusta el estilo de vida que has llevado, tía Freddie –apuntó Nicole.

–Sola y aislada del mundo –rectificó su tía.

–No es cierto –protestó Nicole–. Me tenías a mí.

–Sí, así es –asintió–. Llenaste un vacío tremendo en mi vida y todavía lo haces. Pero, cielo, un hombre es muy necesario. ¿No recuerdas qué felices fueron tus padres?

Sí, desde luego. Recordaba su felicidad. Formaban una familia unida, feliz, segura y... ¡puf! Se terminó.

–Mereces una oportunidad en el amor, la lujuria o la diversión, cielo –acarició sus nudillos con la mano–. No reprimas tus sentimientos hacia ese hombre. Obviamente, está loco por ti.

Nicole dejó que esas palabras se deslizaran sobre su ánimo.

–¡Nicole! –la voz de Sally rompió el ensalmo y, un segundo después, se plantó ante ella con un papel–. Mi tío acaba de llamarme. Necesita la copia para el siguiente mensaje en la valla. Van a preparar el texto esta tarde.

–Tengo que volver al trabajo –anunció y se incorporó de un salto.

–¡Dime! –dijo Freddie–. ¿Qué dirá el mensaje esta vez?

–Es una sorpresa –replicó con una sonrisa.

Quinn pasó una noche más en la soledad de su apartamento mientras refrenaba el impulso de salir a correr por la playa y encontrarse con Nicole. Pero a la mañana siguiente, mientras trabajaba en el tejado, decidió que sería la última vez. No le importaba que ella no le hubiera ofrecido la menor señal de que quisiera verlo. ¿Desde cuándo Quinn McGrath aguardaba la invitación de una mujer?

No necesitaba su permiso. Sólo necesitaba abrazarla, besarla y concretar de qué color llevaba la ropa interior. Y, entonces, quitársela. Pero, en realidad, necesitaba hablar con ella y escuchar su risa. Sus paseos por las instalaciones y las constantes miradas furtivas hacia el tejado no eran suficiente.

Entonces se machacó el dedo pulgar con el martillo. Mac blasfemó y se llevó la uña dolorida a la boca. Se apoyó en los tobillos. Su mirada abarcó toda la extensión del tejado y tomó conciencia del trabajo que todavía estaba pendiente. Además de los adornos de madera que quería recomponer esa tarde. Necesitaría algunos materiales.

Agitó el dedo en el aire, agarró el pañuelo y la botella de agua, y decidió acercarse a la Isla de San José en busca de una ferretería.

La carretera estaba embotellada y tuvo que disminuir la velocidad en cuando alcanzó ese punto. Encendió la radio y echó la cabeza hacia atrás. Se masajeó un músculo del cuello. La llamada de Dan de esa mañana le había levantado un persistente dolor de cabeza y el regusto amargo de que tenía que hacer lo que lo había llevado hasta el complejo turístico de Mar Brisas. Y no se trataba de arreglar el tejado.

Un camión se situó a su lado y posó su mirada sobre las letras del costado, pero no lo leyó. El vehículo avanzó y su mirada recayó sobre las letras que se interpusieron en su campo visual. Las palabras de una valla publicitaria, en letras azules.

Mac... reúnete conmigo en las aguas plateadas del anochecer en la playa de Mar Brisas, esta noche. Nuestro complejo turístico de primera clase presenta tus sabores favoritos en el menú. Acércate y pruébalos todos.

La Dama de Azul.

Logró que la camioneta que lo adelantaba no chocase con su descapotable, aminoró la marcha y leyó el texto una segunda vez. La sangre se precipitó en sus venas como un nuevo diluvio universal. Seguro que el teléfono de la recepción echaría humo con esa clase de mensajes. Intentó molestarse ante su estrategia por el hecho de utilizar su nombre para promocionar su establecimiento.

Pero sonrió y se cambió de carril mientras saboreaba sus sabores favoritos. Empezaría con unos labios de fresa, seguiría con unos pechos adornados con moka y después...

¡Oh, sí! Creía firmemente en la honestidad de la publicidad.

Capítulo Nueve

El tejado estaba sorprendentemente desierto mientras Nicole cruzaba por delante de la piscina. Escrutó el área cubierta con las nuevas tejas de barro cocido. Presentaba un aspecto inmejorable, pero la vista resultaba incompleta sin la presencia de la gloriosa figura de Quinn.

Sally estaba en su despacho, al teléfono, cuando Nicole apareció.

–No olvide el número para su confirmación, señora Young –levantó la vista, mostró el pulgar hacia arriba y frunció el ceño–. ¿Una barbacoa en la playa? Estoy segura de que encontraremos una fórmula satisfactoria.

Ante la respuesta algo vaga de Sally, el corazón de Nicole sufrió un leve sobresalto. El mensaje de la valla publicitaria ya estaba colocado.

–¿Dónde está Ma... Quinn? –preguntó.

–Se ha ido al Mundo de la Madera –respondió.

–¿Cómo? –se llevó la mano a la boca, consciente de que eso lo habría conducido directamente a la valla publicitaria, y añadió–: ¿Qué ha ido a buscar a ese sitio?

–Madera, supongo. O lo que sea que buscan los hombres en esos almacenes llenos de serrín –replicó Sally–. ¿Sabes? Tenemos dos reservas más para esta noche.

–Estamos haciendo grandes progresos –Nicole exhibió una amplia sonrisa–. Estamos casi al límite de nuestra capacidad. Las cosas mejoran, Sal. ¿Podrías hacerme un favor y conseguirme el nombre de ese nuevo local del que todo el mundo habla en el que preparan toda clase de bocadillos?

–Los Sabores del Pecado –replicó.

–¿Podrías conseguirme el número de teléfono?

–Claro. ¿Qué está pasando?

–Voy a inaugurar nuestro servicio privado de comidas en la playa esta noche. Y si funciona, quizá podamos añadirlo a nuestra lista de servicios para clientes –informó.

–Por cierto, un mensajero ha traído los documentos que Quinn exigió. Por lo visto, Tom Northcott no podía retrasarlo por más tiempo. Dijo que recibió una llamada de la oficina de Quinn desde Nueva York y le solicitaron esos documentos.

–¿En serio? –sintió un espasmo de sudor frío en la espalda.

–Todo está aquí –aseguró–. Lo he comprobado.

Nicole se mordió el labio inferior y sujetó el sobre que le tendió Sally con ambas manos. ¿Por qué forzaría la entrega de los documentos? Acaso no había dicho que... Bueno, la verdad era que no había prometido nada. Pero habría jurado que, durante la comida con su tía Freddie, se había replanteado su posición. Suspiró y hojeó con desgana los documentos. Su mirada se posó sobre la infame póliza de seguros.

–¿Todavía quieres ese número de teléfono? –preguntó Sally.

–Sí –Nicole observó la expresión de su amiga–. Se está matando en el tejado y trabaja de sol a sol. Creo que le debo una cena, al menos.

Pero, hasta que no descubriera cuáles eran sus intenciones reales, se reservaría el postre.

A medida que anochecía y se acercaba la hora prometida, Nicole asumió que no había planeado la velada con detalle. Había encargado al restaurante la comida y el vino, pero había olvidado que esa noche tendría que mudarse a una de las habitaciones del hotel ante la inminente llegada de la pareja que había reservado su apartamento. Tenía el tiempo justo para vestirse, meter todas sus pertenencias en varias maletas y guardarlo todo en el maletero de su coche. Y más tarde tendría que pasarse a por la llave de la habitación que Sally le había asignado.

Contempló el horizonte mientras bajaba los escalones de madera del porche. El sol había sumergido la mitad de su esfera dorada en las aguas del Golfo de México y extendía sus rayos anaranjados sobre el agua en su despedida. Nicole se dirigió hacia el lado sur de su apartamento, fuera del alcance visual de Mac. Había un coqueto jardín privado que miraba de frente al mar, rodeado por palmeras, adelfas y gardenias. Había una mesa circular de piedra entre el follaje. Era un rincón aislado, perfecto. Era una pena que tuvieran que marcharse a las diez en punto, justo cuando los huéspedes habían anunciado su llegada.

Para entonces, conocería la posición de Mac con respecto a la venta de la propiedad. Y decidiría si lo invitaba a su habitación en el edificio principal. Tras varios viajes y una vez que había dispuesto todos los elementos para la cena, volvió a la casa, se pintó los labios y se miró en el espejo. Había elegido una falda blanca, vaporosa, que se sostenía grácil en sus caderas y mostraba el perfil de sus largas piernas. Inusualmente atrevida, había sustituido la blusa que acompañaba la falda por una camiseta blanca y negra ceñida que dejaba al aire la cintura. El sujetador de cierre delantero y unas braguitas de seda completaban un modelo irresistible que sofocó un poco a Nicole.

Echó un último vistazo al apartamento que habían limpiado a conciencia esa tarde. Había flores frescas en la mesa del salón y una botella de vino en la nevera. Los huéspedes merecían una estancia feliz. Había cuidado con mucho mimo ese apartamento, incluso después del huracán.

Tomó el sobre del banco del mostrador de la cocina, confiada en que no entorpecería la velada. Comprobó la disposición de la mesa en el jardín, encendió unas velas y caminó descalza, de puntillas, entre el laberinto de pilares de su apartamento. Descubrió a Quinn antes de que él reparase en ella. Caminaba sobre la arena vestido con unos pantalones caquis y una camisa azul cielo de batista. Se había remangado. Llevaba los zapatos en una mano y algo en la otra. Paseaba sobre la arena mojada y su mirada permanecía clavada en su apartamento. Su esperanzada expresión emocionó a Nicole.

Un hormigueo se despertó en todas sus terminaciones nerviosas mientras observaba sus movimientos lentos, felinos. Estudió la anchura de su espalda, su zancada fácil. Tenía el pelo tan negro como la noche, algo despeinado a causa de la brisa marina. Estaba recién afeitado y Nicole imaginó la mezcla del jabón con el bálsamo par la piel. Sentía un nudo en la garganta y su corazón acompasó sus latidos al ritmo que marcaban los pasos de Quinn. Nunca había experimentado un deseo tan fuerte.

Nicole permaneció oculta en las sombras junto a uno de los pilares que sostenía su apartamento. Quinn se detuvo junto a los escalones de madera y dirigió su atención, erróneamente, hacia la casa.

–¿Has venido por el anuncio? –susurró Nicole a la noche en un tono pícaro.

Escuchó cómo Quinn contenía la respiración y atisbaba entre el laberinto de pilares que formaba la base del apartamento. En silencio, avanzó hacia su escondite y su tímida sonrisa se transformó en un gesto abiertamente seductor. Se paró frente a ella.

–Estoy buscando a una mujer vestida de azul –susurró.

El recio aroma masculino en combinación con su lasciva mirada impresionó a Nicole. Notó una creciente debilidad en las piernas. ¡Santo Dios! Jamás sería capaz de enfrentarse a una cena íntima. ¡Y menos aún al postre!

–¿No te ha molestado el nuevo mensaje del anuncio? –enarcó una ceja.

–Tiene un don especial para las palabras, señorita –alargó la mano y le ofreció una rosa, cuyos pétalos acariciaron su barbilla mientras su perfume cosquilleaba su nariz–. Esta vez, he asumido su absoluta sinceridad.

Ella esbozó una frágil sonrisa. ¿Qué había sido de su ingenio y sus agudas réplicas? ¿Por qué la presencia de ese hombre reducía su cuerpo a un cúmulo de hormonas en estado de ebullición?

–Es mi manera de expresarte mi gratitud por tu trabajo en el tejado.

–¿Velas? ¿Una mesa? –Quinn echó un vistazo por encima del hombro–. No esperaba algo tan formal.

–¿Y qué esperabas?

–Mis sabores preferidos –se acercó tanto que Nicole aspiró su cálido aliento–. Y empezaría por éste.

Rozó su boca con un beso y separó sus labios con la punta de la lengua. Soltó los zapatos sobre la blanda arena y el tacto de su mano en la cintura se marcó a fuego sobre la piel desnuda. El beso se prolongó, pero mantuvo una mínima distancia de seguridad con su cuerpo y se separó de ella en menos de medio minuto.

–Te he echado de menos –señaló con dulzura.

–Quizá –ella se humedeció los labios–. Pero eso

no te ha impedido ponerte en contacto con tu oficina de Nueva York.

–¿De qué estás hablando? –preguntó de inmediato, aturdido.

–El papeleo del banco. Ha llegado esta mañana. Está claro que alguien telefoneó ayer a Tom Northcott y le ha apretado las tuercas –señaló Nicole.

–No sabía nada al respecto –aseguró con el ceño fruncido, recogió los zapatos y rodeó a Nicole con el brazo–. Pero no me extraña. Echaré un vistazo a esos documentos por la mañana.

–¡No! Terminemos con esto cuanto antes –llegaron junto a la mesa y ella le tendió el sobre–. ¿Hay algo entre estos papeles que pueda hacerte cambiar de opinión?

La mirada de Quinn cayó hasta la exigua camiseta de Nicole y la falda ceñida a sus caderas. En un gesto delicado, tomó la tela entre sus manos y permitió que la luz de la luna revelara el dibujo de sus piernas.

–No –replicó–. Pero algo de lo que veo aquí quizá lo consiga.

–No soy moneda de cambio, Quinn –señaló, ajena a la excitación de su cuerpo.

–Sólo estaba bromeando –dijo con expresión sincera y soltó el vaporoso tejido–. Francamente, me gustaría que pudiéramos separar por completo ambos asuntos.

–¿Qué dos asuntos?

–Esto –levantó en el aire la carpeta, pero con la otra mano sostuvo su barbilla–. Y nosotros.

Nicole contuvo la respiración, se cruzó de brazos y tomó una decisión impulsiva. Tenía que forzarlo. Un ultimátum sería su única oportunidad.

–Mientras exista esto –y golpeó con el dedo la carpeta de los documentos–, no habrá ningún «nosotros».

–Te conozco bien, Nicole, y no tengo ningún

motivo para dudar de tu palabra –se acercó a la luz titilante de las velas y abrió la carpeta–. Echemos un vistazo a esto.

Mientras Quinn repasaba los documentos a la luz de las velas, Nicole desapareció en el interior del apartamento, regresó con un florero y arregló la solitaria rosa con algunos brotes verdes en silencio. Quinn leyó por encima las notas manuscritas de Tom Northcott mientras ella servía dos copas de vino. Levantó la copa que Nicole le ofreció en un brindis automático.

Pero ella se negó con una sacudida de cabeza. No permitió siquiera que tocará su copa. Quinn suspiró y dejó la copa sobre la mesa. Brindaría con ella más tarde. Tomó los documentos de la hipoteca y echó un vistazo rápido a la última línea.

Debía una suma muy importante. Las letras no eran excesivas, pero necesitaba a toda costa que su establecimiento permaneciera abierto para hacerles frente. Sintió cómo se situaba a su lado, lo bastante cerca para leer el documento, pero siempre evitando el contacto físico.

Miró de refilón a Nicole. Ella se mordió el labio y fijó su vista en los documentos. El deseo era tan intenso, después de ese primer beso, que resultaba doloroso. Pasó la página y escrutó otra columna de números. ¿Encontraría algún fallo en ese montón de papeles que fuera suficiente para que Dan se convenciera de que convendría olvidarse de todo el asunto?

¿Cuál sería el propósito de algo así? ¿Una salvaje relación sexual con Nicole durante sus vacaciones antes de despedirse de ella y regresar a Nueva York? Ella no abandonaría su querida playa por nada del mundo. ¿Qué rumbo llevaba su extraña relación? Tragó saliva ante esa serie de incómodos pensamientos.

Ella se inclinó hacia delante un poco más. Su proximidad despertó su instinto. Reconoció el perfume afrutado de su champú y otro aroma, mucho más excitante, que siempre impregnaba su piel. Sus cinco sentidos se pusieron en estado de alerta. Reprimió el impulso de acariciarla con los dedos. Ardía en deseos de tomarla entre sus brazos y besarla. Deseaba disfrutar de todos esos sabores...

–Mac –dijo mientras arrugaba la esquina de la página que Quinn estudiaba–, ¿por qué te interesa tanto esta página?

–Sólo quiero cerciorarme de que es auténtica –murmuró y pasó a la siguiente página.

Era muy real, desde luego. Su deseo, sus sentimientos y sus reflexiones sobre el futuro eran aterradoramente reales. Todavía no había mantenido relaciones sexuales con ella y ya estaba pensando en dónde vivirían. Suspiró ante esa idea.

–Sí, lo sé –asintió ella para su sorpresa–. Esa póliza de seguros del demonio.

–Nicole –y maldijo en voz baja–, ¿cómo pudiste firmar algo así?

–Pensé que se trataba de un documento más del banco –replicó con indiferencia–. Tienes que firmar un montón de papeles y, al cabo de un rato, esos documentos ya han perdido todo su significado.

–¿Quién se encargó de la liquidación? –preguntó–. ¿Fue ese cretino de Northcott?

–No es un cretino –ahogó una risa–. Sencillamente, es muy prudente.

–No te fíes de esos tipos tan conservadores –le previno–. A menudo son auténticos depredadores ocultos tras sus trajes de elegantes banqueros.

– Conozco a Tom desde el instituto –replicó con una sonrisa.

–No es posible que una póliza de seguros se haya redactado en estos términos –dijo.

–Claro que sí.

–Bien, pues esto es una fotocopia –anunció.

–He visto el original, créeme. El banco posee todos los documentos y he pasado un montón de horas con un abogado mientras intentábamos discernir los hechos de la morralla –afirmó mientras jugaba con el borde de su copa de vino, de la que ella tampoco había bebido–. Al menos, el representante del seguro admitió que era una póliza bastante peculiar, poco frecuente. Pero se mostró firme al respecto. Y su reclamación asciende a ciento cincuenta mil dólares.

–¡Fíjate en esto! –apuntó, la vista fija en una frase al final de la última página–. La póliza está ligada a la propiedad.

–¿Y eso qué significa?

–Quizá no estemos interesados en la adquisición de este sitio –dijo, mirándola a los ojos, vuelto hacia ella–.Y eso significa que quizá me marche y me lleve las máquinas de Dan –apuntó–. Pero eso no resuelve todos tus problemas, cielo.

Ella suspiró y lo miró con severidad a los ojos. Su expresión denotaba una carga ambigua de esperanza y desesperación. Deseaba besarla, pero se limitó a posar la mano en su brazo.

–Mira, sólo puedo prometerte que revisaré a fondo todos estos documentos a primera hora de la mañana. Y si encuentro el modo de detener a Dan o puedo convencerlo para que dé marcha atrás, lo haré.

–¿Por qué? –inquirió con recelo–. Sólo para callarme, para que así podamos seguir con... ya sabes qué.

–Sólo lo hago para ayudarte, así de simple –afirmó con una sonrisa–. Y si además puedo alargar este tema durante varios meses y visitar con regularidad a la Dama de Azul, entonces quizá podríamos establecer una base estable con respecto a eso que tú también sabes.

Ella le devolvió la sonrisa y sus ojos brillaron a la luz de la luna. Levantó su copa de vino y aguardó que él imitara su gesto. Brindó con el borde de la copa.

–Por la demora –dijo con suavidad.

–¿Qué clase de demora? –frunció el ceño, paralizado, antes de llevarse la copa a los labios.

–Ya lo sabes –movió en círculos la copa, pero no bebió–. Lo inevitable.

–No quiero demorarlo ni un minuto más, Nicole –dijo con una premura en la voz que vio reflejada en la expresión de ella.

–Primero, cenaremos –anunció Nicole.

Nicole preparó los platos mientras vigilaba a Quinn con la mirada entornada. El deseo era patente en su expresión y ahora sabía que sus intenciones eran buenas. Podía confiar en él. Un cosquilleo repleto de expectativas recorrió su organismo. Había mencionado la posibilidad de una base estable en su relación.

¿Y cuánto tiempo soportarían una cena civilizada antes de entregarse a la pasión que los consumía por dentro? La mirada de Quinn devoraba su cuerpo con una intensidad abrasadora y ella encadenada un estremecimiento tras otro en respuesta.

Media hora, a lo sumo. Se sentó frente a él. También había sitio en el banco, a su lado, pero si su muslo tocaba la pierna de Quinn una vez más, también se olvidaría de la cena. El portazo repentino de un coche llamó su atención.

–¿Tenemos compañía? –preguntó Quinn mientras saboreaba su vino.

Se escuchó el murmullo de una voces, un nuevo portazo y el sonido de pasos sobre la gravilla en la parte opuesta del apartamento.

–¡Dios mío! –se levantó y atisbó entre los pilares

hacia el camino de grava donde tenía aparcado su propio coche, cargado y listo–. Llegan pronto.

–¿De qué estás hablando?

–Los huéspedes del apartamento 1801 –señaló Nicole–. He alquilado mi apartamento una semana. Estamos al límite de nuestra capacidad, Mac. Y recibimos un montón de llamadas por parte de parejas. Mi campaña está funcionando.

–¡Nicole! –se levantó y se situó tras ella, colocó su mano bajo su melena y le besó la nuca–. Si estoy destinado a convertirme en el chico anuncio para tus mensajes sexuales, creo que necesito otra clase práctica.

Sus labios mordisqueaban la piel de gallina. Sintió una oleada erótica en su cuerpo. Se mordió el labio y buscó apoyo en la mesa para sostenerse, pero se obligó a mantener la lógica en esa situación.

–Tenemos que salir de aquí, Mac –dijo–. Esto es una intromisión en su intimidad.

De pronto, la luz brillante de un foco del jardín los iluminó por completo. Ella se sobresaltó, pero Quinn tiró de ella hasta la sombra de una adelfa.

–Vamos. Nos ocultaremos en la playa hasta que se hayan instalado. Después, regresaremos a por la cena y lo llevaremos todo a mi apartamento.

Nicole accedió ante la propuesta de Quinn, atravesaron un camino empedrado a través del follaje y se encaminaron a la playa. Agarró a Nicole de la cintura y avanzó hacia el reflejo de la luna en las olas del mar.

–Vigilaremos el apartamento desde aquí –propuso–. En cuanto los recién casados apaguen las luces, nos deslizaremos hasta el jardín.

–Quizá pasen varias horas –apuntó ella.

–¡Vaya! –estrujó su cintura con una suave presión–. ¿Qué haremos mientras tanto?

La luna se ocultó tras una nube y los sumió en la

oscuridad. Se acercaron al agua en silencio, del brazo. Tan sólo el latido de su corazón y las olas del mar rompían esa absoluta calma. La espuma blanca acarició sus dedos y abrió la boca en un leve jadeo cuando el agua fresca barrió sus tobillos.

Pero su respiración se cortó cuando Quinn se abalanzó sobre ella en un beso desesperado, urgente. Notó una vibración gutural en su pecho que desbocó el curso de su sangre. Quinn descendió las manos hasta sus nalgas y amoldó su cuerpo contra ella para que Nicole sintiera el efecto que le producía.

Sus dedos rozaron el borde inferior del sujetador. Nicole notó cómo se le doblaban las rodillas y Quinn tiró de ella hacia abajo. Se acostaron sobre la arena, juntos.

–La marea va a empaparnos con la próxima ola, Mac –advirtió.

–Mejor. Quiero verte mojada –en un solo gesto desabrochó el sostén–. Quiero sentirte húmeda y mojada.

Levantó la camiseta y expuso sus pechos a la noche. Ella apoyó la espalda sobre la arena y la humedad del contacto estremeció su piel.

–Quiero mojarte –añadió Quinn en un tono acuciante antes de que sus labios se lanzasen sobre uno de sus pezones endurecidos.

Ella se incorporó ante el tacto delicado de su boca, pero enseguida succionó con furia salvaje. Tomó aire mientras alternaba de un pezón a otro. Nicole se agarró a sus fuertes hombros, debilitada por el inmenso placer e incapaz de detenerse en una constante fricción contra su erección. Quinn bajó las manos a lo largo de sus muslos, por debajo de la falda, en busca del centro. Su destino final aguardaba entre sus piernas. Una ola perezosa lamió su piel ardiente.

Apartó con facilidad la tela de sus braguitas y

acarició su carne. Ella sufrió un espasmo en cuanto sintió sus dedos.

Deslizó la lengua húmeda en el canalillo que formaban sus pechos, agarró uno con la mano, besó la curva inferior con delectación y excitó sus sentidos gracias al erotismo de sus respuestas. Encaraba un cúmulo de promesas fantásticas. Murmuró que era una delicia. El cuerpo más bello que jamás habría acariciado. Desapareció en la noche hasta la última pizca de juicio mientras enterraba sus dedos en los pliegues de su cuerpo.

–Vamos a empaparnos –mascculló Nicole mientras la marea subía más y más.

–Ya estás empapada, cielo –replicó Quinn.

Lamió los capullos henchidos de sus pechos mientras sus dedos permanecían en su lubricada entrepierna, desde donde ejercía su dominio. Sentía escalofríos y punzadas de dolor en las terminaciones nerviosas de todo su cuerpo, mientras las olas de placer bañaban su cuerpo. ¿O acaso se trataba de las olas de agua salada del mar?

Estaba torturándola con las caricias de sus dedos mientras su boca se entregaba a sus pechos. Observó cómo la luna se cruzaba con una nube y cerró los ojos al tiempo que unas luces blancas relampagueaban en su cabeza. El dedo pulgar de Quinn frotaba con más intensidad el pliegue rosado de su sexo y ella se alejaba cada vez más de la realidad.

Ella murmuró su nombre y Quinn aceleró el ritmo de su fricción hasta que las luces estallaron en un océano de blancura tras sus ojos y su cuerpo hizo lo propio en su mano. Nicole reconoció su propia respiración, fuerte y agitada, el oleaje en la orilla y la voz grave de Quinn. Pero sólo podía pensar en la intensidad del placer que acababa de proporcionarle.

–¡Mira, Dave! –las voces provenían del apartamento–. Nos han preparado una cena de bienvenida. ¡Hay velas y una botella de vino!

–¡Oh, Mac! –hundió la cara en su pecho–. Tu cena. Lo siento.

–No me importa –besó su frente, sus ojos, su boca–. Acabo de tomarme un aperitivo. Ahora quiero el plato principal. Vamos a mi apartamento.

Se apoyó en un codo sobre la arena y empezó a abrocharle de nuevo el sujetador mientras sostenía su pecho con una mano.

–A no ser, claro está, que también lo hayas alquilado –añadió.

–¡No! –y levantó el pecho para facilitarle la tarea, pero sólo logró ralentizarlo mientras admiraba sus encantos–. Hemos reservado ese apartamento para el chico anuncio del hotel del sexo.

–Me encanta mi trabajo –sonrió y cubrió su pecho con la camiseta.

Entrelazados, muy juntos, cruzaron la playa y subieron a trompicones las escaleras, excitados ante la evidencia de su propia impaciencia. A mitad de camino, Quinn se detuvo y apoyó a Nicole contra la pared mientras se entregaba a otro beso lascivo, voraz. Sus manos recorrieron su cuerpo como dos hierros incandescentes. Presionó su erección contra ella con tanta fuerza que Nicole se quedó sin aire.

–Te deseo, Nicole.

–Ya me he dado cuenta –replicó, entre divertida y ansiosa, mientras su mano bajaba hacia la entrepierna–. Sólo unos pocos metros más, querido. ¿Podrás hacerlo?

Se mordió el labio mientras se acercaba peligrosamente al palpitante miembro y deslizó los dedos por dentro del pantalón.

–Lo dudo, si sigues por ese camino –rugió Quinn.

Aguantó la respiración en el momento en sus dedos se cerraron sobre él. Ella lanzó un gemido, echó la cabeza hacia atrás y lo miró con una sonrisa maliciosa.

–No tenía ni idea de que los agentes inmobiliarios de la gran cuidad estuvieseis tan, bueno, tan bien dotados –apuntó.

–Esta semana sólo soy un trabajador de la construcción –masculló, a duras penas.

–Sí, claro. Te he visto en el tejado –susurró Nicole–. He visto cómo te refrescabas el torso desnudo con la botella y lograbas que mi cuerpo se licuara.

–¿Eso te gustaba? –preguntó, la voz crispada.

–Bueno, lograba que me apeteciera... –clavó sus uñas con suavidad– verte sudar un poco más.

–Misión cumplida –y volvió a besarla con furia–. Vamos dentro, Nicole. Permíteme que te haga el amor.

–¿Es así como lo llamas? –sus ojos se iluminaron y su mano se congeló.

Oh, Dios. Había aceptado que se acostaría con el enemigo y había asumido que mantendría relaciones sexuales con el hombre más increíble de su vida. Pero ¿amor?

Sólo se trataba de una frase hecha, una descripción mucho más formal de lo que estaba aconteciendo en las escaleras.

–Sí, Nicole –respondió con calma–. Si se trata de la mujer de tu vida... la única mujer que realmente importa en este mundo, entonces, sí.

Su corazón se ralentizó y amenazó con detenerse. No debería hacerlo. No debería adentrarse en esas arenas movedizas. El amor era sinónimo de pérdida.

En silencio, Quinn levantó su barbilla hacia él. Sus ojos se habían oscurecido merced a la intensidad del deseo.

–No te engañes al pensar que esto no es auténtico, señorita –afirmó.

Ella sacó la mano de entre sus piernas. Su cabeza le aconsejaba que huyera de su lado. Su corazón le pedía que hablara con él. Su cuerpo le suplicaba que...

Ella lo besó en la boca con tanto sentimiento y tanta pasión como le fue posible. Sus lenguas se entrelazaron en un baile lento lleno de sensualidad.

Esa noche, escucharía la súplica de su cuerpo.

Capítulo Diez

A duras penas, llegaron hasta la puerta del apartamento. Mac se entretuvo un poco con la llave, pero en cuanto pasaron al salón olvidó todos los preliminares. A oscuras, sin darle un segundo para que pensara en lo que estaban haciendo, condujo a Nicole hasta el dormitorio entre una avalancha de besos y mágicas caricias.

Los rayos de luna iluminaban la habitación a través de las contraventanas. Era más que suficiente para que apreciase la expresión concentrada de Mac mientras la tumbaba en la cama.

–Tengo la falda empapada –dijo ella.

–En ese caso... –introdujo los dedos por debajo de la prenda, bajo el vientre– quítatela.

Una oleada de deseo de una intensidad sorprendente recorrió su cuerpo ante esa sugerencia. Quinn le apartó el pelo de la cara y la miró a los ojos.

–¿Sabes una cosa? –y sonrió con malicia–. Mis pantalones también están calados.

–En ese caso... –y llevó su mano a la hebilla del cinturón– ya sabes lo que toca.

–Las damas primero –dijo y deslizó los dedos hasta la cremallera de la falda mientras jugaba con la piel desnuda en su espalda.

Por primera vez desde que su exuberante figura había florecido en todo su esplendor a los catorce años, Nicole se sintió atractiva. Sólo Mac lo había conseguido. Otros hombres sólo miraban con lascivia, así que ella se cubría el pecho. Las mujeres no sentían mucho aprecio hacia ella y los bañadores eran su enemigo mortal. Pero Mac...

Su mirada y sus caricias lograban que se sintiera como una diosa. Gracias a la sabia combinación de sus increíbles dedos y esa lengua experta, una vez más le quitó el sujetador. Muy despacio, dibujó el perfil de sus pechos, enardeció sus pezones con leves mordiscos y sumergió sus entrañas en un volcán de deseo.

–Nunca he visto nada tan bello –murmuró.

Y ella creía en sus palabras. Posó sus labios en su boca, pero esa vez resultó un gesto reverencial, amoroso. Los mismos chispazos prendieron en la boca de su estómago, el mismo fuego abrasó su íntima naturaleza y una urgencia primitiva animó su voluntad para que Quinn encontrara su sitio entre sus caderas. Pero se trataba de algo distinto al furor que había experimentado en la arena de la playa.

Era algo diferente. Estaban haciendo el amor.

–Mac –imploró–. Quiero sentirte en mis manos de la misma manera.

Empezó a desabrocharle la camisa con manos temblorosas. Apartó la prenda de los hombros con una determinación que provocó la sonrisa de Mac. Pero ardía en deseos de perderse en ese torso que había admirado durante tres días en lo alto de su tejado. Hundió la cara en el vello que cubría su piel y aspiró el aroma salado de su cuerpo. Era un olor que le encantaba. Mientras ella aguantaba la respiración, concentrada en ese aroma, Mac tomó sus manos y las llevó hasta el cinturón.

Nicole le quitó los pantalones caquis con suma facilidad. La imponente erección de Mac estiraba al máximo la elasticidad de sus calzoncillos. Ella sólo deseaba más carne. De un modo instintivo, bajó la cabeza, apartó los calzoncillos y aspiró un olor muy distinto. El aroma fuerte de su sexo.

Cerró los dedos sobre el diámetro del miembro,

su lengua lamió la punta y él reaccionó con un gemido gutural, hundiendo los dedos en la masa de pelo de Nicole. Sentía en su boca una mezcla de sal, piel y masculinidad. Exploró con sus manos y su boca, gozando con sus respuestas, consciente de que su miembro se hinchaba con cada beso y cada caricia.

–Nicole –mascülló con voz grave, atormentada, y levantó su cara hacia él.

Ella se entretuvo en su pecho desnudo y lo cubrió de besos. Mac tomó su barbilla, se inclinó hacia ella, giró su cuerpo hasta que la tuvo de espaldas en la cama y la besó.

–Déjame hacerte el amor –dijo.

Asintió con un suspiro mientras cada célula de su cuerpo alcanzaba un grado de excitación máximo. Deslizó sus braguitas a lo largo de sus muslos. En un movimiento suave, se colocó sobre ella y algo llamó su atención. Llevaba un preservativo.

Ella lo observó, fascinada, entre temblores ante la inminencia de su acción. Descendió muy despacio y su palpitante miembro se acomodó entre sus muslos. Cubrió el espacio entre sus cuerpos hasta que la boca rozó sus labios. Acarició con la lengua sus labios, separándolos, igual que su sexo se abría paso muy lentamente.

–Mi Dama de Azul –susurró y hundió la cabeza en su piel lustrosa.

Ella arqueó las caderas en un gesto de evidente deseo. Necesitaba sentirlo muy dentro de ella. Su sexo lo llamaba con una urgencia indescriptible. Notó cómo Mac esbozaba una sonrisa.

–¿Por qué me torturas de esta manera, Mac? –preguntó sin mucha convicción.

Mac entró un milímetro más, imitó ese movimiento con la lengua, y retrocedió otra vez. Repitió la operación, dentro y fuera, alternativamente.

–Hay una cosa que quiero decirte.

–¿Ahora? –Nicole cedió en la presión de su cuerpo.

–Sí, ahora mismo –volvió a besarla mientras ella gemía, presa de la frustración–. La primera vez que te besé, me convencí.

–¿De qué? –preguntó, víctima de la expectativa.

–Sencillamente, lo supe –se acercó un poco más a ella mientras Nicole buscaba su rostro, ansiosa por interpretar las señales en su expresión.

–¿De qué te convenciste con tanta claridad? –preguntó, dividida en sus sentimientos.

–Supe que tú eras la elegida, Nicole Whitaker. Tú, y nadie más. Tú eres la elegida –ella lo miró fijamente, incapaz de asimilar sus palabras.

Y, entonces, penetró en ella con un embate firme, sólido. Nicole se atragantó con el aire retenido, se incorporó hacia él y se perdió en la potencia de su unión.

¿Era la elegida? Pero no era capaz de pensar, tan sólo podía sentir. Desvalida, se sometió al ancestral ritmo de la carne contra la carne, el hombre contra la mujer.

Sus palabras resonaban en sus oídos mientras sus cuerpos se deslizaban en la montaña rusa del deseo que habían anhelado desde la primera vez que se habían visto. La velocidad y la potencia crecían en cada vuelta. Susurró su nombre y aceleró el ritmo de las embestidas. Ella lo abrazó con las piernas y besó su piel sudorosa.

Mac atrajo a Nicole hacia él y forzó su acometida hasta las profundidades de su entrada. Ella contuvo la respiración y clavó sus dientes en el hombro granítico de Mac mientras se deslizaba por la pendiente del deseo en caída libre. Sólo importaba el fuego primitivo que alimentaba sus entrañas. Había perdido el control sobre sus cinco sentidos. Sentía cada embate mientras subían juntos en una espiral de puro placer que los acercaba al clímax.

Sólo pudieron murmurar sus nombres mientras

su increíble viaje llegaba a su fin. Intercambiaron un beso tembloroso al tiempo que la sangre regresaba a su cabeza. El sudor en su pecho se mezclaba con la humedad de su cuerpo. Sus agitadas respiraciones se acompasaron lentamente. Mac rompió el silencio con un beso delicado en la sien y el peso de su cuerpo cayó sobre ella.

–Eres tú, ya lo sabes –dijo.

Y comprendió exactamente a qué se refería. Pero estaba demasiado satisfecha, demasiado agotada y exaltada para que ese viejo temor se concretara en su cabeza.

Permanecieron abrazados, inmóviles, en un estado de plena satisfacción. Pareció una eternidad, pero Quinn supo que sólo habían pasado unos minutos. Podía contar los latidos del corazón de Nicole contra su pecho y notaba cómo se secaba el sudor con el funcionamiento esporádico del aire acondicionado.

–¿Mac?

–¿Sabes? –sonrió al escuchar el nombre–. Sólo mis compañeros del equipo de béisbol y algunos de los miembros de mi fraternidad me llaman todavía así.

–Me dijiste que era tu nombre cuando nos conocimos –ella levantó la cabeza y lo miró–. ¿Juegas al béisbol?

–Participo en una liga amateur en la ciudad –comentó–. Sólo somos un grupo de ejecutivos frustrados que se creen con talento.

–Pensaba que la gente de tu clase os reuníais alrededor de unos cócteles después de duro día de trabajo en la oficina –apuntó mientras se deslizaba a su lado.

–Me gusta airearme un poco. Mi hermano, Cameron, también juega. Es, más que nada, una válvula de escape.

–¿Eres bueno?

–Tengo mis momentos –deslizó su dedo a lo largo del hueso de la clavícula y guiñó un ojo–. Puedo lanzar una bola con efecto y golpear la pelota con potencia.

–¿Qué puesto ocupas en el béisbol?

–Soy lanzador y receptor –dijo–. Juego en cualquier posición.

–Tienes cuerpo de jugador de béisbol –murmuró mientras dibujaba círculos con la yema del dedo sobre su torso–. Fuerte, robusto y... espléndido.

–¿En serio? –se tumbó sobre un costado para verla mejor, sus manos en sus caderas–. Tú tienes un cuerpo de infarto. Exuberante, perfecto y... –tomó en la palma uno de sus pechos–. Más que espléndido. ¿Cómo recibiste esta bendición divina?

–Esta maldición, ¿no? –y arqueó una ceja con perplejidad.

–Es una broma, ¿verdad? –se echó un poco hacia atrás para asegurarse de que estaba hablando en serio–. Las mujeres empeñan el sueldo de tres meses de su trabajo para operarse y los resultados no igualan esta perfección en ningún caso.

–Y a mí me gustaría tener ventanas que cerrasen bien y barandillas en todos los balcones –replicó Nicole.

–Si hubiera sabido lo que significaba para ti, yo nunca habría...

–Claro que sí –dijo con calma–. Es tu trabajo. Es más que eso, se trata de tu futuro en la empresa. Tienes la vida puesta en ello.

También se lo parecía a él y, en ese momento, pensó que era una estupidez. Si tenía a esa mujer entre sus brazos, en su cama, ¿qué diablos significaba para él esa asociación? Su relación con ella era una verdadera asociación.

Las palabras aguardaban en la punta de su lengua. Pero no deseaba asustarla. Parecería un adolescente perdidamente enamorado si le repetía una vez más que ella era su media naranja. No había ejercido ningún control sobre lo que había dicho un cuarto de hora antes. Pero ahora había recuperado el sentido común.

–No representa toda mi vida –dijo.

–Claro que no –contestó con guasa–. Pero el dinero es importante para ti.

–No es tan importante –replicó, consciente de la sutil acusación en su voz.

–En ese caso, la ambición. La riqueza, el éxito, el estatus. Eres un hombre dirigido, Quinn –notó que utilizaba su nombre de pila, pero no dijo nada–. Te metiste en un tu papel en nuestra reunión con Northcott. Diablos, estoy segura que te echaste un farol en nuestra negociación.

Estudió su expresión mientras sopesaba una respuesta. No deseaba negarlo, pero necesitaba una explicación que le resultase satisfactoria.

–Sí, es cierto, Nicole. Soy muy bueno en mi trabajo –apoyó la cabeza en la palma de la mano y miró desde arriba–. No era lo que buscaba, pero he terminado ahí. Así que lo hago lo mejor que sé. No voy a defenderlo y me molesta que mi carrera se haya interpuesto entre nosotros. Pero no se trata de mi vida. Sólo es un medio para ganarme la vida.

–¿Cómo llegaste al mundo de la promoción inmobiliaria? –preguntó.

–Bueno, ya te he dicho que mi padre nos animó para que lográsemos los mejores puestos ejecutivos –recordó–, así que fuimos a los mejores institutos, sacamos las mejores notas y los mejores números de nuestras promociones. No me malinterpretes. Yo acepté de buen grado y constaté que mi padre tenía razón. La vida es mucho más sencilla si tienes dinero y prestigio. Eso lo representa todo para mi padre.

–¿Por qué?

En cualquier otra circunstancia hubiera recurrido al sexo, se habría levantado para ducharse o habría bromeado. Pero se limitó a expulsar el aire retenido.

–Mis padres se divorciaron cuando Colin eran un bebé. Mi madre quería... más. Leyó un libro feminista y decidió que odiaba a los hombres. Creía que merecía algo más que la crianza de tres niños pequeños, así que se mudó a Wyoming –sintió una cierta empatía en Nicole y lo agradeció con un leve abrazo–. Mi abuela se ocupó de nuestra educación y es la mejor persona de este mundo. Así que no debes preocuparte. No hubo daños irreparables.

–Estoy segura de que resulto muy duro para ti... para todos vosotros.

–Todos hemos encontrado el modo de sobrellevarlo. Cam se ha endurecido. Colin se ha vuelto salvaje –hizo una pausa ante la mirada de ella–. Y yo procuro reírme.

Ella sonrió y, una vez más, Quinn tuvo la impresión de que aguardaba algo más. ¿Por qué no? Si ella era su alma gemela, merecía saberlo todo.

–En todo caso, pese a la ayuda de nuestra abuela, mi padre tuvo que esforzarse mucho para sacarnos adelante. Se convirtió en propietario de su propia constructora, pero eso no lo libró del trabajo físico. Pensó que si nos colocaba a los tres en puestos de alta responsabilidad, probaría que nuestra madre se había equivocado. Y demostraría lo que un buen padre, casado o soltero, podía hacer por sus hijos.

–Así que seguiste sus consejos –apuntó tras un breve silencio, sus preciosos labios atrapados entre sus dientes–. Fuiste un buen chico. Pero, quizá, hubieras preferido encauzar tu vida por otros derroteros.

–Tomé mis propias decisiones, Nicole –dijo con

falsa indiferencia–. Seguramente hubiera sido igualmente feliz si hubiera seguido su ejemplo y me hubiera dedicado a la construcción. Me gusta el trabajo al aire libre. Estoy disfrutando mis vacaciones.

–No sé cómo agradecértelo, Quinn –señaló con ternura y se acurrucó contra él.

–Mac –le susurró al oído–. Me gusta cuando me llamas Mac.

–Mac –repitió, lo besó en el hombro y sus dedos se deslizaron por la pendiente de su estómago otra vez–. ¿Qué voy a hacer? No quiero marcharme de aquí. No quiero renunciar a mi casa, mi trabajo y mi mundo. Ya sé que todo es un desastre y...

–¡Shh! –acalló sus labios con el dedo–. Trabajaré en ello mañana. Tengo que documentarme y quiero comentarlo con mi jefe. Incluida la oferta más alta y un plan que no suponga la demolición del complejo. No hablemos de eso esta noche.

–De acuerdo –dijo–. Pero quiero decirte algo y hablo muy en serio. La propiedad... la venta. Ésa no es la razón por la que... he hecho el amor contigo.

–Ya lo sé –rió aliviado ante la inocencia de su revelación–. Has hecho el amor conmigo en pago a mi magnífico trabajo en el tejado.

–¡Oh, sí! –asintió–. ¿Podrás terminarlo antes de marcharte?

–Necesitaré ayuda –afirmó y ella descansó la cabeza en su hombro con cierta desilusión–. Tengo que revisar los documentos y buscar alguna salida.

–Nos hemos dejado los papeles del banco en la mesa del jardín –exclamó Nicole.

–Ya los recuperaré más tarde –intentó sosegarla–. Limpiaré todo en cuanto esos saqueadores se hayan acostado.

–Gracias –dijo Nicole.

–Obrero, ayudante de camarero. ¿Qué más trabajos me tienes reservados?

–Tengo un buen número de puestos vacantes –susurró y su mano descendió más.

–¿Por ejemplo?

–Lanzador, bateador –se movió despacio, pasó una pierna sobre él y se sentó encima mientras sus pechos acariciaban su mirada–. Amante.

–Cuenta conmigo para el equipo, entrenador –dijo al tiempo que su erección entraba en contacto con la humedad que bañaba sus muslos.

Y lo hizo.

El primer pensamiento de Nicole cuando emergió del sueño a la mañana siguiente se concretó en el poderoso brazo que rodeaba su cintura, anclando su cuerpo en las proximidades del calor corporal de Quinn. Notaba su respiración tranquila en su oreja. Se quedó quieta y amusgó los ojos en los albores del amanecer. Calculó, a tenor de la luz anaranjada, que rondarían las seis de la mañana.

Reprimió de impulso de ronronear como un gato. Había permanecido en sus brazos toda la noche, salvo el intervalo en que se había acercado a su apartamento para recuperar los documentos del banco. Ella había preparado un sándwich de queso y después habían hecho el amor sobre las migas. Y, después, habían repetido.

Ahogó una sonrisa ante ese recuerdo. Había vivido muchos momentos inolvidables a lo largo de la noche, pero las palabras que Mac había pronunciado mientras le hacía el amor por primera vez flotaban en su cabeza.

¿Qué había querido decir? No era posible que se hubiese referido a un compromiso serio cuando se habían conocido hacía menos de una semana, ¿verdad?

Por primera vez, calibró la idea de que Mac no se marchara a Nueva York y que regresara cada cierto tiempo para establecer una base sólida en su relación. Pero se había referido sólo al sexo, ¿o no?

Un calor totalmente desconocido empapó su pecho. Justo en el espacio que ocupaba su solitario, independiente y cuidadosamente protegido corazón. Un músculo que había soportado un infinito dolor en una fría mañana de Chicago cuando una chica asustada de ocho años había asistido, conmocionada, a un doble entierro.

El amor significaba pérdida, ¿no?

Tragó saliva con dificultad y parpadeó ante la humedad de sus ojos. ¿Por qué permitía que su cabeza viajara a esos rincones prohibidos?

La razón era que Quinn había logrado emocionarla de algún modo. ¿Acaso su tía Freddie no había sobrevivido perfectamente sin un marido?

¿Un marido? Aspiró el aire con fuerza ante ese sorprendente pensamiento y la respuesta emocional que había generado en su cuerpo. ¿Quién había dicho nada acerca de un marido? Debido a su gemido, la mano de Mac se trasladó de su vientre a su pecho. Estaba despierto. Temía girarse ante la posibilidad de que leyera su expresión y adivinase en lo que había estado pensando.

–¿En qué estás pensando, preciosa? –sintió los labios en su espalda.

–En pólizas de seguros –replicó.

–¡Vaya! –exclamó–. He tenido que impresionarte mucho esta noche.

–Además de todo lo demás de lo que he disfrutado –añadió con una risita.

–Eso me recuerda esas braguitas rosas. ¿volverás a ponértelas? ¿Sin nada más? –tiró de ella con fuerza suficiente para obligarla a volverse–. Ven a mis brazos.

Esas palabras, el tono cálido de su voz, le hicieron perder la cabeza. ¿Cómo negarse?

Se giró muy despacio, pero hundió la cara en su

cuello en vez de mirarlo. Mac tomó su barbilla y la levantó hacia él. La reacción en su mirada desveló hasta qué punto había leído sus pensamientos.

–¿Qué te pasa? ¿Estás llorando?

Sacudió la cabeza, pero el nudo en su garganta se agrandó. Asintió, pero negó con la cabeza un minuto más tarde. Mac acarició su mejilla con la palma de la mano y deslizó el pulgar sobre sus temblorosos labios.

–¿Por qué, cielo? –se interesó–. ¿Es por mi culpa?

–Ya te lo he dicho –repitió–. El seguro.

Abrió la boca, pero antes de que dijera nada sonó la melodía de su móvil. Ignoró la llamada y clavó sus ojos en ella.

–Puedes contestar al teléfono, Mac –aseguró Nicole.

–Eso puede esperar –contestó–. Cuéntame qué te pasa.

–Contesta la llamada –lo empujó sin mucha fuerza–. Quizá sea importante.

–No. Seguro que es mi jefe. Es mediodía en Nueva York –señaló, pero se deslizó fuera de la cama y ofreció una panorámica de su espalda desnuda que impresionó a Nicole.

Se cubrió con la sábana, observó los músculos de la espalda y apreció unas marcas de uñas en la piel. El deseo se despertó entre sus piernas y ella lo festejó. Sería mucho mejor entregarse a los recuerdos placenteros de la noche... que a las ideas agridulces y confusas que la habían despertado.

–¿Hoy? –oyó la voz grave de Mac–. ¿A qué viene tanta prisa? No estamos preparados. Nunca he sabido nada de otro posible comprador.

Nicole se alarmó. ¿Otro comprador? Tenía que tratarse de otra propiedad.

–Northcott está tensando la cuerda, Dan.

No. Se trataba de ella. Nicole se incorporó un poco más y aguardó el regreso de Mac para mirarlo a la cara. Observó el movimiento de su mano mientras se rascaba la barbilla. Estaba segura de que había olvidado que ella estaba en la habitación.

–Bueno, el tejado está arreglado –hizo una pausa–. La propietaria ha encontrado una persona para la reforma.

Finalmente, apoyó una mano en la cama y se volvió para mirarla. Pero su rostro era totalmente inexpresivo.

–Igualemos el precio, Dan –insistió–. No podemos echarnos atrás ahora. Pero necesito un poco más de tiempo para revisar la póliza de seguros. Hay una cláusula poco clara que tendríamos que modificar.

Nicole sintió una náusea en la boca del estómago. Todavía seguía interesado en la propiedad. Nada había cambiado. No estaba de su lado. Se había equivocado por completo con él.

–Me reuniré con Northcott hoy mismo.

El mismo nudo en la garganta se instaló en ella, pero la razón había cambiado.

–Mira, Dan, creo que ahora deberíamos subir nuestra oferta. El tejado está prácticamente arreglado –guardó silencio y se volvió para mirarla con una sonrisa–. Sí, desde luego. Hablaré con ella. Hemos establecido una relación laboral muy fluida.

Nicole se quedó boquiabierta. Tiró de la sábana para cubrirse el cuerpo desnudo, se levantó y avanzó a trompicones hacia el cuarto de baño. El cosquilleo en su estómago se transformó en un espasmo. ¿Una relación laboral?

Cerró la puerta del baño con fuerza, se apoyó en el marco de madera y esperó.

–Nicole –su voz sonó del otro lado en menos de medio minuto–. Nicole, tengo que hablar contigo.

–Llama a mi despacho –replicó–. Tenemos una relación laboral.

–¡Vamos! ¿Qué quieres que le diga a mi jefe? ¡Por favor!

Nicole miró el pálido reflejo en el espejo. ¿Por qué estaba tan pasmada? ¿Esperaba que cambiara de opinión con respecto a la compra después de una noche de sexo?

–Confiaba en que hubieras sido sincero.

Quinn forzó el pomo de la puerta. Ella quitó el pestillo y abrió de un golpe. Una masa de aire se desplazó ante la violencia del gesto. Ciñó la sábana a la altura de su pecho y tragó saliva ante la masculina desnudez de su oponente.

–Eres un mentiroso, Quinn McGrath. No has tenido ningún reparo en decirle a tu jefe que el tejado ya estaba terminado. ¿Qué otras patrañas le has contado? –preguntó, temerosa de que también hubiera mentido cuando había asegurado que ella era su chica, la mujer de su vida.

–Ninguna –señaló con seridad–. Terminaré el tejado. Al menos, lo haría si dispusiera de más tiempo. Has escuchado la conversación, Nicole, y no eres estúpida. Ya sabes lo que significa. Northcott tiene otro comprador.

–¿Y qué? –arqueó la ceja y evitó mirarlo directamente–. Todos son igual de malos.

–No. Éste ni siquiera calibra la posibilidad de restaurar Mar Brisas y dejarte al frente del negocio. No quiere que se haga nada. No pagarán por la reforma del tejado porque ya han ofrecido mucho más que nosotros.

–No te entiendo –dijo, la mirada fija en Mac.

–Nicole, si compramos esta propiedad existe una posibilidad de que puedas quedarte aquí y se restaure Mar Brisas en vez de demolerlo. ¿Eso no te haría feliz?

–Más feliz que si las máquinas lo derribasen, supongo –asintió emocionada ante el tono implorante de su voz.

–Y ahora parece que tendré que convencer a Dan para que ponga mucho más dinero si queremos hacernos con la propiedad –explicó–. Tenía que asegurarle que el tejado ya está reformado. Podría terminarlo este fin de semana.

–¿Cómo? –le dirigió una mirada escéptica.

–Tengo un plan –se cruzó de brazos, ajeno al hecho de que estaba completamente desnudo–. Una serie de pasos muy sencillos. En primer lugar, tengo que terminar el tejado y convencer a Dan para que iguale la oferta del otro comprador. En segundo lugar, tengo que encontrar un resquicio en esa póliza para que esa cláusula no nos impida una actuación. Y en tercer lugar... –su mirada descendió hasta las manos de Nicole, sujetas a la sábana a la altura de sus pechos–. He olvidado el tercer punto.

–Seguro que tiene algo que ver con ese otro comprador –apuntó ella con una tímida sonrisa, ansiosa por librarse de la sábana y quedarse tan expuesta como él.

–No –deslizó la mirada sobre su propio cuerpo y ella lo siguió, advirtiendo su enorme excitación–. El tercer punto consiste en hacerte el amor. Ahora.

En un movimiento ágil, trató de acunarla entre sus brazos. Pero ella repelió su ataque con las palmas de la mano abiertas sobre su pecho.

–Esto no es lo que yo llamo una relación laboral.

–A mí me funciona –presionó su erección contra la sábana.

–No, Quinn –se estremeció al escuchar su nombre, pero ella lo rechazó–. No funciona de ese modo para mí.

–Nicole, no permitas que este asunto se interponga entre nosotros –apoyó las manos en sus hombros desnudos–. Podemos solucionarlo. Estoy de tu parte. Y haré lo posible para que sigas al frente de Mar Brisas.

Ella lo miró fijamente. Dios, deseaba creer en él.

–¿Eso es lo que quieres? –preguntó.

–Ya no estoy segura de lo que quiero –sintió otra vez el nudo en la garganta–. No puedo enfrentarme a esto con un plan, igual que tú. Yo... yo...

¿Por qué había tenido que confundirla con esa confesión tan inesperada la noche anterior? ¿Acaso sólo había respondido a la excitación del momento?

–¿Mac? –tomó aire, pero se acobardó–. ¿Cómo diablos vas a terminar el tejado y negociar con el banco al mismo tiempo?

–¡Claro! –chasqueó los dedos–. Ése era el tercer punto.

–¿Qué?

–En serio, tengo un plan –aseguró con una sonrisa.

Estaba segura de que lo tenía. Los magnates como él siempre tenían uno.

Capítulo Once

Todo pareció vacío en cuanto ella se marchó. Quinn recorrió el salón del apartamento y después salió al porche para mirar cómo las olas lamían la arena de la playa. Sostenía una taza de café que se enfrió antes incluso que bebiera el primer sorbo.

Estaba sumido en pensamientos mucho más profundos.

No lo preocupaba el negocio que llevaba entre manos. Sabía que derrotaría sin problemas a Northcott en su terreno y estaba bastante seguro de que convencería a Jorgensen para que restaurase Mar Brisas en vez de demolerlo. No resultaría sencillo, pero había encarado asuntos mucho más peliagudos en el pasado.

No, se trataba de Nicole Whitaker, la Dama de Azul. O Blanco. O Rosa. Era ella quien ocupaba su mente. Cerró los ojos e imaginó su expresión mientras hacían el amor. Esa sola idea lo enardeció. Pero si solamente ese órgano de su cuerpo hubiera reaccionado, no se habría molestado en otra cosa que no fuera llevarse a la cama a Nicole Whitaker una segunda vez.

Otra parte de su organismo, en el mismo centro de su pecho, lo tomó desprevenido.

Ninguna otra mujer había logrado que se sintiera tan... completo. Pleno. Era como si hubiera pasado su vida en busca de una pieza que encajara en el puzzle de su existencia y, ahora que la había encontrado, la satisfacción era absoluta.

Soltó el aire lentamente. ¿Qué demonios le estaba pasando? Ella vivía en Florida. Él vivía en Nueva York. Apenas tenían cosas en común. Pero encajaban.

Tenía un plan, ¿verdad? Reformaría el tejado. Eso era fácil. Conseguiría una oferta mejor, convencería a Dan para que restaurase el complejo y dejase a Nicole al frente de la dirección. Bien.

Pero ¿qué era? ¿Dónde situaba su plan a esa mujer que había dejado su sudor, su corazón y su alma en el proyecto de Mar Brisas? Una simple empleada, a la sombra de una gigantesca corporación, después de que su abuelo hubiera construido ese lugar con sus propias manos.

No era suficiente para la mujer que... para su alma gemela. La necesidad de verla feliz impulsaba su ánimo con una potencia descomunal. Deseaba tenerla entre sus brazos, entre sus sábanas y en su vida. Pero, ante todo, quería verla feliz.

De pronto, sintió la garganta seca. Si deseaba la felicidad de Nicole más incluso que la suya propia, ¿qué significaba exactamente? Si eso no era la definición del... amor, ¿qué diablos era entonces?

Dio la espalda a la vista del Golfo y entró en la cocina. Encontró la carpeta con los documentos del banco y volcó toda la información sobre el mostrador. Repasó el texto de la póliza de seguros. ¿quién podría desentrañar esa maraña de garabatos que cubría la página por completo?

Se sentó en el taburete de la cocina y frunció el ceño mientras el fuego en sus entrañas alimentaba su determinación. Eso era lo que tanto le fastidiaba. Su instinto no lo dejaba tranquilo. En algún punto de ese barullo de letra pequeña impresa habitaba un error, un vacío legal, una ilegalidad o algo que permitiría que Nicole Whitaker obtuviera lo que merecía. Sólo eso serviría para ella.

Pero, en caso de que su instinto lo traicionara, necesitaba un plan alternativo. Marcó un número de teléfono de memoria y sonrió para sí. Era una idea brillante. Sonó dos veces antes de que respondieran.

–Agárrate –dijo Quinn, seguro que su voz resultaría fácilmente identificable, tomó aire y cerró los ojos–. Estoy enamorado.

Nicole cerró los ojos en el momento en que pasaba con su coche frente a la valla publicitaria. Un segundo después, fijó la vista en la carretera y condujo con calma entre el tráfico de la mañana en su repentino traslado a casa de su tía Freddie. Odiaba que su tía se hubiera mudado de San José, pero comprendía que el éxito de su negocio y la subida de los precios en la isla la hubieran obligado a ello.

Acudió a su cabeza una vez más el tema inmobiliario. Tragó saliva mientras recordaba su agria despedida cuando había intentado besarla y se había escabullido en la puerta de su apartamento. Había resultado tan triste que ni siquiera se había molestado en cambiarse de ropa. Sólo había subido al coche decidida a alejarse de Mar Brisas y de Quinn. O de Mac. O como demonios quisiera que lo llamasen.

–MacMentiroso –musitó mientras abría la puerta del garaje que su tía utilizaba como taller–. Es el nombre que más le conviene.

Freddie levantó la vista de un montón de lamé dorado. Llevaba su melena azabache recogida en una cola de caballo y la cara lavada.

–Hola, mi niña –saludó con la tela en la mano–. ¿Qué te trae por aquí en esta maravillosa y soleada mañana?

–Una pareja de recién casados han alquilado mi apartamento –sonrió, segura de que su huida había sido una buena idea–. ¿Podría instalarme aquí unos días?

–Por supuesto –asintió Freddie tras una vacilación–. Es una gran idea.

Nicole se acercó hacia una fila de maniquíes vestidos con diferentes modelos de su tía para apartarse de su inquisidora mirada. Paseó la mirada sobre las diferentes telas y después se volvió hacia su tía. Tomó entre los dedos el lamé y bajó la vista hasta que sus ojos encontraron el rostro sereno de su tía.

–Ese modelo que llevas es muy revelador –la insinuación de su tía clavó a Nicole en el sitio–. Cualquiera diría que los astros han convergido para forzarte a un cambio tan drástico en tu indumentaria.

–Seguramente ha sido eso –Nicole rió ante la referencia astrológica.

–O quizá Quinn McGrath ha forzado el cambio –dijo su tía.

–¡Vaya! –apuntó Nicole–. No te ha llevado demasiado tiempo adivinarlo.

–Soy muy rápida –soltó la tela, tomó la mano de su sobrina y se acercó a ella–. ¿Quieres que hablemos de ello?

–No hay nada que hablar.

–Huelo problemas –su tía arrugó la nariz–. Infelicidad. Y algo más. Huelo amor.

–En ese caso, tu olfato no funciona –dio un respingo y se quedó boquiabierta–. No se trata de amor. Es sólo lujuria y, quizá, algo más. Pero no pienso enamorarme de un hombre en el que no confío, un hombre que miente tanto como habla y que cambia de opinión cada cinco minutos. Esto no es amor, tía Freddie. No lo necesito para sentirme realizada. El amor siempre te traiciona y yo sólo quiero vivir mi vida...

–¡Eh! –Freddie levantó ambas manos y miró a su sobrina con sus grandes ojos–. Respira un poco, muchacha. Escucha lo que dices.

Nicole soltó el aire. El eco de su voz todavía rebotaba en las paredes. Se sentó en un pequeño estrado, apoyó los codos en las rodillas y hundió la cara en sus manos.

–Lo siento. Pero no es amor.

–Me parece que te quejas demasiado –Freddie se sentó a su lado–. ¿Qué ha pasado?

–Es una larga historia.

–Tengo tiempo –aseguró su tía y rodeó a Nicole con el brazo.

–Es complicado –sacudió la cabeza–. Confusión de identidades. Mensajes secretos y sexo en el ascensor.

–¡Dios mío! –Freddie esbozó una amplia sonrisa–. Creo que no terminaré el trabajo esta mañana. Cuéntamelo todo.

Freddie no exigió detalles, pero Nicole le ofreció suficiente información para que completara los huecos de la narración por sí misma. Llegó a la llamada que Quinn había recibido esa misma mañana con lágrimas en los ojos.

–Es un hombre de negocios, tía Freddie. Ésa es la conclusión –se secó la mejilla–. No sé si puedo confiar en que convenza a su jefe para que no derriben Mar Brisas. Hay mucho en juego. Su carrera profesional y su futuro.

–Y tú –añadió su tía.

–Me temo que yo no formo parte del conjunto –negó con la cabeza–, salvo en un aspecto muy obvio. Bueno, no lo creo. Quizá, pero no estoy segura. Ya ha falseado la verdad en más de una ocasión.

Freddie se incorporó y regresó a la mesa de trabajo. Nicole observó a su tía y aguardó el veredicto.

–Creo que te he perjudicado gravemente –dijo finalmente con lágrimas en los ojos.

–¿Cómo? –Nicole sabía que su tía sólo le había dado amor–. ¿A qué te refieres?

–He intentado educarte para que fueras como yo.

–¿Y eso por qué habría de perjudicarme? –preguntó.

–Quizá no lo haya hecho en algunos aspectos

–su tía suspiró–. Eres independiente y sabes cuidarte. Es bueno y estoy orgullosa de eso. Pero tus padres hubieran querido que conocieras la clase de amor de la que ellos disfrutaron. Y fue así, Nicole. Compartieron un gran amor.

Se formó nuevamente el nudo en su garganta. ¡Demonios!

–Y tus problemas con Quinn McGrath no tienen nada que ver con la venta de la propiedad –Freddie se acuclilló delante de su sobrina–. Yo lo sé y tú también.

–Tengo miedo –Nicole cerró los ojos–. Me asusta la idea de que algún día se repita la historia y la persona que amo no regrese jamás a casa.

–¡Oh, querida! –Freddie soltó un sollozo y abrazó a su sobrina–. Eso es normal. Pero no puedes renunciar a la vida sólo porque te hiriera en tu niñez. Tienes que seguir adelante. Es necesario.

–¿Con Quinn? –preguntó con determinación.

–¿Sabes? Tengo un sexto sentido para estas cosas –estrujó con cariño los hombros de Nicole–. Ese Quinn me parece la persona idónea. Hay algo en él que... me parece que está hecho para ti. Creo que es tu alma gemela, tu media naranja, tu hombre.

Un escalofrío recorrió la espina dorsal de Nicole y revivió la mirada honesta de Mac, la certeza en su voz cuando anunció que ella era la elegida.

¿Acaso un inocente flirteo que lo ayudara en la consecución de sus objetivos convertía a Quinn en la clase de mentiroso que Nicole pensaba que era? Ignoró la pregunta en su cabeza y mantuvo el contacto visual con la secretaria de Tom Northcott.

Estaba haciendo uso de su encanto. ¿Acaso estaba prohibido? Estaba funcionando. En apenas cinco minutos, la mujer parecía dispuesta a revelarle el paradero de su jefe.

–No es de dominio público –anunció en un murmullo cómplice y seductor–. Pero está reunido en el Club de Campo de San José. Me encantaría ayudarlo, señor MacGrath, pero tiene la agenda completa para los próximos días.

–¿Qué hay de Dennis? –preguntó con familiaridad, si bien no conocía al abogado Dennis Knox salvo por su firma en los documentos.

–Oh, el señor Knox está... –rebuscó en sus papeles con cierta premura.

–Sólo necesitaría diez minutos, Rachel –dijo, inclinado hacia delante e invadiendo el espacio privado de la secretaria.

–Intentaré localizarlo –replicó, complacida ante el hecho de que hubiera utilizado su nombre de pila–. Seguramente pueda encontrarle un hueco.

Unos minutos más tarde, siguió a la secretaria hasta el departamento legal. Ella bromeó un poco con él y Quinn agradeció su esfuerzo. Pero su cabeza ya preparaba esa reunión imprevista con el abogado.

Una vez en el despacho de Dennis Knox, estrechó la mano del abogado y observó las fotografías familiares junto a la parafernalia corporativista. Quinn dibujó su perfil en tres segundos. Era un hombre de empresa.

–Señor Knox, he estado revisando los documentos del seguro de Mar Brisas –dijo Quinn mientras tomaba asiento.

–Es un pequeño embrollo, ¿verdad? –apuntó con el ceño fruncido.

–Sí, desde luego –abrió su maletín y sacó los papeles–. Nunca había leído una póliza tan enmarañada y tan peculiar.

–Yo tampoco –Knox asintió, se puso las gafas y tomó el documento de manos de Quinn–. Hace veintinueve años que soy abogado de este banco. Pero nunca había leído nada tan hermético. Tom hizo todo lo que estuvo en su mano para que su hermano solucionara el asunto, pero...

–¿Su hermano?

–Bill Northcott fue el agente de seguros –señaló y, enseguida, sonrió–. Esto no es Nueva York, señor McGrath. En esta ciudad, todo el mundo está emparentado.

–Señor Knox, ¿está usted seguro de que esta póliza se redactó conforme a la legalidad? ¿Cree que tiene algún sentido asegurar la propiedad frente a una inundación y olvidarse de los daños derivados del viento? –preguntó, impulsado por su instinto–. Fíjese en la sección catorce, en el apartado nueve.

–Son dos temas diferentes, hijo –el abogado respiró hondo mientras revisaba las páginas–. Y la póliza es muy estricta al respecto. El liquidador no tuvo margen de maniobra. Es una lástima para esa joven que dirige el complejo. Pero seguro que es una ventaja para usted, ¿verdad?

–Creo que haré una visita ahora al señor Bill Northcott –Quinn guardó los documentos en su maletín–. ¿Vive en San José?

–No, se trasladó a California –lo informó el abogado.

–¿Quién lleva sus clientes? –inquirió.

–No estoy seguro. ¿Quiere que averigüe quién lleva el caso de Mar Brisas?

–No será necesario –Quinn se incorporó–. Creo que me acercaré al Club de Campo y hablaré directamente con Tom.

–No lo encontrará en el restaurante –apuntó Knox–. Creo que está jugando al golf.

–Estoy seguro de que podrá dedicarme cinco minutos de su tiempo.

–Señor McGrath, ¿puedo hacerle una sugerencia? –y lo miró por encima de las gafas sin el menor signo de afabilidad–. También podría dejarlo pasar y marcharse. De ese modo, ganaríamos todos.

Quinn le devolvió una mirada severa mientras su instinto incendiaba sus entrañas.

Nicole sintió una pizca de culpabilidad por quedarse todo el día en casa de su tía Freddie. Pero, después de la cena, decidió acercarse al complejo para cerciorarse de que todo estaba en orden. Una comprobación que bien podría haber efectuado con una simple llamada de teléfono. Freddie no dijo nada al respecto y Nicole lo agradeció.

Decidió darse una vuelta por las instalaciones antes de chequear su correo electrónico y regresar a casa de Freddie. Llegó a la piscina y levantó la vista hacia el tejado. Lanzó un gemido tan fuerte que algunos de los huéspedes se volvieron hacia ella. Las tejas nuevas cubrían el doble de espacio del que había cuando se había marchado esa mañana. ¿Cómo lo habría conseguido?

Incapaz de reprimirse, corrió hasta el vestíbulo y subió al último piso por las escaleras. Llevaba una llave maestra en el bolso. Entró en la habitación y encontró la escalera de mano en el balcón. Tragó saliva. Avanzó hacia el exterior mientras se miraba. Llevaba una falda de algodón corta y unas sandalias. Pero necesitaba comprobar el trabajo de Quinn y ya había trepado al tejado con peores zapatos.

Subió el primer peldaño con mucho tiento, fijó su posición y miró hacia arriba.

–¡Vaya! Hola.

El saludo sorprendió tanto a Nicole que perdió pie por un segundo, pero un brazo fornido afianzó su posición antes de que perdiera el equilibrio. Ella lo miró fijamente.

¡Dios Santo! Era igual que Quinn, pero era otro. Tenía el pelo más claro y los ojos azules. Y el mismo cuerpo maravillosamente esculpido.

Miró más allá de su figura. Había otro un poco

más lejos. Tenía el pelo y los ojos negros, como Quinn, pero llevaba la melena recogida en una coleta y un arete dorado brillaba al sol. Nicole se quedó boquiabierta, sin palabras.

–Soy Cameron –se presentó el hombre que la tenía sujeta–. Y ése es Colin.

–Vosotros sois... los hermanos –dijo con un hilillo de voz.

–Y seguro que tú eres la Dama de Azul –dijo Colin tras una breve carcajada–. Hemos leído acerca de ti de camino.

–¿Dónde está Quinn? –preguntó mareada.

–Está jugando al golf.

–¿Os ha hecho venir hasta aquí para que trabajéis en el tejado y se ha marchado a jugar al golf? –preguntó, incrédula.

–Sí –Cameron le guiño un ojo–. ¿No te parece típico de él?

–No sabría decirlo –miró alternativamente a los dos hermanos, tan familiares pero tan diferentes–. No lo conozco hasta ese punto.

–Eso no es lo que nos ha dicho Quinn –apuntó Colin con cierta sorpresa.

–¿Y qué os ha contado? –sintió un espasmo en el estómago–. ¿Qué os ha dicho?

–Ha dicho que está...

–... metido en un lío –la voz de Quinn sonó a su espalda y los tres se volvieron para ver cómo se aupaba al tejado–. Tengo un problema porque le prometí a mi equipo que los llevaría a cenar y ya llego tarde.

Nicole tragó saliva ante la imagen que proyectaba Quinn. Estaba muy bronceado. Llevaba la camisa blanca desabrochada en el cuello, se había remangado y lucía sus robustos antebrazos. El sol había tiznado levemente sus mejillas y arrancaba destellos cobrizos de su pelo negro.

–Bueno, ¿qué tal se te ha dado la partida? –preguntó ella con sarcasmo.

–Igual que siempre. He ido a por todas –sacó una llave del bolsillo y se la tiró a Cameron, que la agarró en el aire sin despeinarse–. Estáis libres, muchachos. He dejado pizza y cerveza en el apartamento. Necesito charlar con Nicole.

–No te preocupes –negó con la cabeza–. Quédate con tus hermanos. Yo... ya me marchaba, de todos modos.

–En ese caso, te perderás el relato de mi victoria frente a Tom Northcott –y su mirada clavó a Nicole en el sitio.

–¿Has estado jugando con Tom Northcott? –exclamó atónita.

–No –esbozó una media sonrisa–. He dicho que lo he vencido. Y en su propio terreno.

–¿A qué te refieres? –era incapaz de comprenderlo.

–Algunos dirían que se trata de una estafa. Otros lo llamarían fraude. Tom y yo hemos llegado a un acuerdo. Todo se reducirá a un error bancario y, de ese modo, no trascenderá a los periódicos.

–¿Disculpa? –dijo, a punto de caerse de bruces.

–Quédate quieta, cielo –se acercó y tendió la mano hacia ella–. No querrás ir a por tu cheque mañana en muletas, ¿verdad?

–¿Cheque? –graznó igual que un cuervo–. ¿Qué cheque?

–El cheque por valor de ciento cincuenta mil dólares en compensación por los daños ocasionados por el vendaval –dijo mientras levantaba la cara de Nicole hacia él.

–¡Oh, Mac! –estuvo a punto de desmayarse ante su proximidad, el olor de su cuerpo y la magia de sus palabras–. ¿Cómo? ¿Qué le has dicho? ¿Cómo podré recompensarte por esto?

–Bueno, confía en mí –su sonrisa derritió a Nicole–. Ya se me ocurrirá algo.

Capítulo Doce

Apenas rozó con su boca los labios de Nicole en el beso con el que había soñado a lo largo de todo el día cuando ella comenzó a asaetearlo con preguntas.

–¡Eh, espera! –colocó el dedo índice sobre sus labios y se giró hacia Cameron, que sonreía satisfecho–. Tenías razón en lo que me dijiste, Cam.

–Suponía que la ley funcionaría igual en Nueva York que aquí, en Florida –asintió.

–Tenía que jugar todas mis bazas –dijo Quinn, ansioso por besarla–. Si mi corazonada acerca de la póliza no era cierta, tenía que asegurarme de que el tejado estaba terminado lo antes posible.

–Y es una maravilla –apuntó Colin–. El arquitecto hizo un gran trabajo.

–Mi abuelo lo diseñó y lo construyó –dijo Nicole con orgullo–. Siempre me ha encantado la estructura de este edificio.

Quinn se cruzó de brazos y dirigió una mirada significativa a sus hermanos. Si bien apreciaba en su justa medida la ayuda de sus hermanos, no le apetecía debatir los distintos estilos arquitectónicos. Sin una palabra, Cameron comenzó a guardar las herramientas y Colin captó el mensaje al instante. Quinn los acompaño a la puerta de la habitación, prometió que se reuniría con ellos en unas horas e ignoró las miradas perspicaces de ambos antes de cerrar la puerta con cerrojo.

Respiró hondo y volvió al tejado. Necesitaba verla a solas después de una jornada en la que probablemente se había despedido de su ascenso y su vida anterior. Cada minuto del que disponía era un tesoro. Subió hasta el último peldaño de la escalera y obtuvo una panorámica del tejado.

Ella estaba sentada en el alféizar de una ventana abuhardillada, las piernas cruzadas y la falda a la altura de los muslos. Apoyó las manos en el tejado y contempló la puesta de sol sobre el Golfo. Exhaló el aire en un largo suspiro y sus pechos presionaron la tela de su blusa. Una sonrisa inesperada iluminó su rostro.

Quinn pensó satisfecho que había logrado su principal objetivo. Así pues, ¿qué suponía un pequeño traspié en su carrera si había dibujado una sonrisa en sus labios y había logrado que la mujer que... que... bueno, su felicidad?

–Así que no eres tan malo, después de todo –dijo ella e inclinó la cabeza–. Me había equivocado contigo por completo. Gracias, Quinn.

Muy despacio, se incorporó. La falda revelaba sus largas y firmes piernas. Se aupó para ayudarla en su descenso a pesar de su creciente excitación. Aguardó en los escalones más bajos hasta que Nicole llegó a la escalera. Después saltó al balcón mientras ella bajaba con una lentitud desesperante. Desde su ventajosa posición veía sus largas piernas hasta el muslo. Ella se inclinó un poco y Quinn atisbó un pedazo de la ropa interior roja.

–Las vistas desde aquí son increíbles –dijo con una sonrisa mientras ayudaba a Nicole en el último tramo–. Siempre te sorprende la fascinante gama de colores.

Escuchó la risa grave de Nicole mientras su mano se deslizaba sobre la falda y acariciaba su muslo. Bajó un nuevo escalón y la falda se enrolló alrededor de la cintura. Entonces se volvió y, sin una palabra, se abalanzó sobre él y cubrió su boca con un beso ardiente, apasionado. Se lengua entraba y salía sin descanso.

–Me encanta este movimiento –dijo Nicole–. Gracias por enseñármelo.

–Ha sido un placer –replicó mientras su erección presionaba el cuerpo de ella.

–Me encantaría agradecértelo –dijo con un ronroneo–. Desgraciadamente, no tengo habitación y tu apartamento está repleto de gente.

–Hay un colchón en esta habitación –dijo mientras acariciaba sus pechos.

–Está de pie, apoyado en la pared.

–Puedo hacerlo de pie –aseguró con la mano en el escote de la blusa–. O en el suelo. Incluso en esta escalera –terminó de desabrocharle la blusa, apartó la tela y se regodeó en la visión de sus pechos y el sujetador de encaje rojo–. Siempre a juego. Así es mi chica. Y además, resulta que me encanta el color rojo.

–Pensaba que te gustaba el azul –dijo Nicole entre risas y gemidos.

–Eres una preciosidad, encanto –dijo con dificultad y se inclinó para besarla.

Ella empujó su cabeza con ambas manos en un impulso devorador y bajó el último peldaño hasta el suelo de la terraza. Quinn, sin separarse de ella, condujo a Nicole a través de la puerta hasta la oscuridad de la habitación. Empapados en sudor, se desnudaron con una avidez desconocida. Sacó el condón de la cartera y ella se lo colocó con las manos temblorosas.

–Ahí está la cama, cariño –dijo Nicole, y señaló el colchón envuelto en el plástico–. Por lo menos, lo estrenamos.

Mac miró el enorme colchón de dimensiones reales. Había un mueble rústico delante que impedía echarlo al suelo. Se volvió hacia Nicole, cuya increíble sonrisa dominaba todo su contorno. Un rápido vistazo a su exuberante figura decidió a Quinn.

Arrancó el plástico de un tirón. Después, aupó a Nicole en el aire y apoyó su espalda contra el colchón de muelles.

–Rodéame con las piernas –espetó mientras levantaba su cuerpo en el aire y frotaba su erección contra la entrada de su sexo.

La lujuria que acuciaba sus cuerpos no resultaba delicada. Ella clavó sus uñas en su espalda y se aferró a él. Cada embestida lo acercaba al inevitable final, pero era totalmente incapaz de controlarse. Se dejó llevar mientras susurraba su nombre y musitaba palabras cariñosas salvo las tres únicas que torpedeaban su cerebro.

Sintió cómo ella alcanzaba un nuevo orgasmo y sus gemidos lo empujaron al límite. Finalmente, se abandonó a sí mismo, cerró los ojos y eyaculó en sucesivos espasmos.

Exhaustos, se deslizaron sobre el colchón y se sentaron en el suelo, abrazados. La terrible presión había disminuido. Al menos, la parte inferior de su cuerpo se había relajado. Pero no había disminuido el cerco que sometía su pobre corazón.

Besó su melena y ella suspiró. ¿Habría comprendido lo que había hecho por ella? Había salvado su propiedad. Había eliminado las barreras entre ellos. Ahora ya no tenía un hueco en su vida. Eso había logrado con su heroicidad de esa tarde.

Intentó convencerse de que eso no importaba. Ella era feliz. Pero él... no. Finalmente había encontrado la chica de su vida y ahora tendría que dejarla.

–¿Estás bien? –preguntó y lo acarició en la mejilla con los dedos húmedos–. Pareces... perdido.

–Así es –admitió, y entonces la besó con toda la ternura que había olvidado en los minutos precedentes–. Estoy irremediablemente perdido en tus ojos azules.

–Eres un seductor, Quinn McGrath –sonrió y

puso el dedo en sus labios–. Y ahora me gustaría que me explicaras qué le has dicho exactamente a Tom Northcott para que haya cambiado de opinión.

–Sólo te intereso por mis habilidades en la mesa de negociaciones.

–¡Dios mío! –exclamó con dulzura–. Después de esto, no me imagino lo que puedes hacer en una mesa.

Antes de que pudiera hacerle una demostración práctica, su teléfono móvil sonó entre el hatillo de ropa que había en el suelo. Quinn masculló entre dientes.

–¿Es el lunático? –preguntó Nicole.

–Estaba esperando su llamada –asintió y se separó de ella–. He dejado un mensaje.

–Crees que no se lo tomará demasiado bien, ¿verdad?

Quinn rebuscó entre la ropa, descolgó y apenas balbució una palabra. Se limitó a escuchar en silencio. Ella observó su expresión y dedujo que quizá necesitara un poco de intimidad. Se vistió lentamente mientras Mac asentía y vigilaba sus movimientos. Ella tomó el sujetador, pero Quinn la sujetó de la muñeca.

–No te vayas –deletreó en silencio.

–Voy a salir a la terraza –susurró, pero él negó con la cabeza con vehemencia.

–Ahora quiero que me escuches tú a mí, Dan –ella se quedó de piedra ante su tono de voz–. El hermano de Tom Northcott, un agente de seguros muy astuto, ideó una póliza de seguros con una cláusula que aseguraba el hundimiento del propietario del complejo de Mar Brisas. Recibió una bonificación muy suculenta por ello. Pero nadie envió una copia al registro del Estado, tal y como exige la ley de Florida, así que la póliza es nula.

Nicole escuchó atentamente.

–Northcott quería proteger a su hermano y, al mismo tiempo, el juicio hipotecario por Mar Brisas lo libraba de una deuda muy importante –hizo una pausa–. Y puesto que le has asegurado treinta y cinco hipotecas adicionales... No. Eso no es ilegal. Es poco ético. Sí, así son los negocios.

Nicole no necesitaba escuchar nada más. Estaba claro que Tom tenía mucho que ganar con su trato con Dan Jorgensen. Y al mismo tiempo mantenía a salvo a su hermano. Salió al balcón y cerró la puerta sin dirigirle una mirada a Quinn. En la distancia vio a dos hombres jugando a la pelota en la playa. Eran los hermanos de Mac. Formaban una familia increíble. Habían dejado sus vidas en suspenso para prestarle su ayuda a Quinn. La brisa marina besó su piel. Cerró los ojos y rememoró las sensaciones al hacer el amor con él. En todas las circunstancias, se había derretido con sus besos y sus caricias.

¿Cómo podría decirle adiós? La pregunta taladró su mente. ¿Cómo lo dejaría escapar? Pero podía hacerlo, desde luego. Tenía que hacerlo. Sólo era una aventura.

Pero jamás había experimentado nada semejante en el terreno sexual ni en otros niveles. Desde que lo había conocido, lo necesitaba a su lado cada instante.

Amaba el sonido de su voz, su humor y su buen corazón. Amaba su afán en el trabajo y su sentido de la responsabilidad. Amaba su risa, su boca y sus ojos.

Lo amaba... a él.

Pero ¿qué esperaba de él a partir de ahora? No tenían futuro y ese pensamiento resultó doloroso. Todavía les restaba esa noche. Y todo el fin de semana. Se trasladaría a una habitación y no se separarían en setenta y dos horas...

El sonido de la puerta sacó a Nicole de su ensoñación. Quinn llevaba los pantalones, el cinturón suelto y una expresión inescrutable.

–¿Todo cerrado? –preguntó.

–Todo habrá terminado si no me subo a un avión en dos horas.

–¿Qué? –sintió pánico–. ¿Por qué tienes que marcharte ahora? Al menos, quédate hasta el final de tus vacaciones, Quinn.

–No puedo quedarme. Sabes que en mi trabajo no existen las vacaciones, Nicole –dijo.

–Del mismo modo que tampoco existe la ética –apuntó ella–. ¿No te da rabia que tu jefe haya orquestado algo así?

–No lo ha hecho –replicó–. Sólo ha jugado sus cartas para lograr sus metas. Así son...

–Ya está bien –y le tapó la boca con la mano, pero él besó sus dedos y entrelazó su mano con ella.

–Ya sé que a veces resulta muy duro y desagradable, Nicole. Pero son negocios.

–Supongo que, después de todo, no me había equivocado contigo –dijo enrabietada–. Eres un hombre de negocios de pies a cabeza.

–No, no es cierto –sujetó a Nicole y le impidió que se marchara–. Los negocios sólo son una parte de mi vida.

–La parte más importante, sin duda –y él negó con la cabeza una vez más–. Entonces, ¿qué, Mac?

–Necesito volver a casa y pensar en ello –dijo.

Ella suspiró e imaginó cómo sería ese regreso a su hogar. Supuso que de vuelta a su mundo, en su apartamento de Manhattan, al volante de su flamante deportivo o con sus amigos en algún club exclusivo, ella sólo sería un bonito recuerdo.

Acuciada por las lágrimas, pasó a su lado y entró en la habitación antes de que Quinn agarrase la manga de su blusa.

–¡Nicole, por favor! –exclamó–. ¿Cómo puedes marcharte de este modo?

–Yo podría preguntarte lo mismo, Quinn –se giró de pronto–. Pero quiero preguntarte algo más antes de marcharme. ¿Qué quisiste decir cuando susurraste que... yo era la elegida? Y quiero la verdad, Mac.

La expresión de Quinn cambió. Se suavizaron sus rasgos y su mirada se iluminó. Pero ella intuyó la respuesta en sus facciones. Fuera lo que fuera que tenía pensado decirle, les haría daño a alguno de los dos.

No aguardó una respuesta, abrió la puerta y escapó a la carrera a lo largo del pasillo. Llegó a las escaleras antes de que las lágrimas surcasen sus mejillas.

Capítulo Trece

La tía Freddie lo intentó todo. Buscó una solución que dibujara una sonrisa en los labios de su sobrina, pero fracasó en su intento. Nicole sabía que tenía miles de razones para sentirse feliz. Había recuperado Mar Brisas. Y se había prometido que el lunes iniciaría las reformas.

Pero, hasta entonces, necesitaba prodigarse en cuidados hacia su corazón malherido. Permaneció despierta en la terraza de Freddie mientras repasaba en su cabeza sus aciertos... y sus errores. Sabía que había muchas cosas buenas en él. Los pasos de su tía alertaron a Nicole.

En cuanto asomó por la puerta, Nicole observó su inmensa sonrisa.

–¿De qué se trata?

–Tu cuadrilla personal de obreros está aquí. Van de camino al aeropuerto –dijo con una risa contagiosa–. Me pregunto qué comerán esos chicos. Quieren hablar contigo.

Nicole pensó que quizá Mac estuviera con ellos, pero no estaba. Pese a todo, resultó una sorpresa que Cameron y Colin aparecieran en casa de su tía Freddie, bronceados y relajados tras unos días al sol.

–Queríamos despedirnos –dijo Cameron con sus preciosos ojos azules–. Hemos terminado el trabajo.

–¿El tejado? Eso no era necesario. Ahora tengo dinero –sacudió la cabeza–. De hecho, debería pagaros...

–Ni lo pienses siquiera –interrumpió Colin–. Han sido unas vacaciones estupendas.

Nicole quiso sonreír. Su voz era muy parecida a la voz de Quinn.

–Eso es muy amable por tu parte, Colin, pero...

–En serio, he disfrutado mucho. No te olvides de mí si te hace falta un arquitecto para la restauración. Me encanta ese edificio. Y tengo un montón de ideas.

–Gracias. Te informaré de todo –aseguró con una sonrisa, si bien sabía que jamás llamaría al hermano de Quinn.

–Estamos a punto de marcharnos, Nicole –Cameron se metió las manos en los bolsillos–. Y sólo queríamos asegurarnos de que estabas bien.

–¿Yo? –lo miró con perplejidad–. Bueno, gracias. Os lo agradezco.

–Queríamos saber si estabas tan baja como Quinn –y ella asumió entonces su aspecto demacrado–. Parece que sí.

–¡Colin! –su hermano lo reprendió con dureza.

–Bueno, fíjate en ella –se defendió–. No parece mucho más feliz que Quinn cuando se marchó anoche.

–¿En serio? –se interesó Nicole–. Entonces no debería haberse marchado.

–Hizo lo que tenía que hacer –apuntó Cameron–. Quinn siempre hace lo correcto.

–¿De veras? –cuestionó con una nota de incredulidad.

–Desde luego –explicó Colin–. Puede que yo sea un poco franco, pero Quinn es muy responsable. Un poco impetuoso, pero responsable.

–¿Impetuoso y responsable? Una combinación curiosa –miró a ambos con auténtica bondad en sus ojos–. Ha sido todo un detalle por vuestra parte acercaros hasta aquí para ayudarme. Os lo agradezco de corazón.

–La verdad es que tenemos que irnos –apuntó Cameron.

–¿Puedo preguntarte algo que me ha rondado la cabeza últimamente? –Nicole dirigió su pregunta a Colin–. Quinn me dijo algo que no logro descifrar. Dijo que... yo era su chica. ¿Tienes idea de lo que significa?

–Sí –afirmó tras mirar a su hermano mayor–. En mi familia, eso significa que eres su alma gemela, su destino. Nuestra abuela irlandesa cree en ello. Cree que cada persona debe reunirse con su alma gemela.

Nicole notó el nudo en su garganta y una terrible debilidad en las piernas.

–¿Y si encuentras a esa persona... qué significa?

–Nunca debes abandonarla –contestó Colin.

Los dos hombres compartieron una mirada antes de que Cameron estrechara a Nicole con cariño con un apretón cariñoso.

–Ha sido un verdadero placer conocerte –dijo.

–Y disfrutar de tu campaña publicitaria antes de que haya terminado –añadió Colin.

–No he suprimido... –pero se calló.

No tenía importancia. Pensaba retirarla el lunes, en cualquier caso. Supuso que el tío Sally habría iniciado su campaña de anuncio de colchones.

–Una campaña muy brillante –dijo Colin con una sonrisa–. Una verdadera inspiración.

–No lo sabes bien –respondió con un carraspeo.

Besó a los dos hermanos en la mejilla y los despidió desde la puerta. Todos los hermanos se parecían. Cerró la puerta y las palabras de Colin resonaron en su cabeza. Había dicho que no se debía abandonar a la elegida.

Eso sólo tenía una interpretación posible. Ella no era la candidata ideal.

Una vez que Quinn McGrath tomaba una decisión, su postura era firme. Primero había hablado con sus hermanos por teléfono. Después, había entrado en el despacho de Dan Jorgensen y se había despedido. La cara de su jefe habría bastado para hacerlo volar hasta Nueva York, pero el alivio en su corazón había sido lo mejor. No sabía cómo había ocurrido, pero era un hombre nuevo.

El domingo por la mañana condujo su descapotable a lo largo de la autovía y observó con claridad la valla publicitaria desde el carril central. Sonrió al recordar el primer mensaje que había leído de la Dama de Azul. Quince minutos más tarde entró en Mar Brisas con la determinación de un hombre que confiaba ciegamente en su instinto.

–¿Está Nicole? –preguntó a Sally.

–Está en casa de su tía –replicó boquiabierta–. No creo que vuelva hasta mañana.

–¿Podrías darme su dirección?

–Bueno, ya se la di a sus hermanos.

–¿Mis hermanos? –frunció el ceño–. ¿Para qué la querían?

–Querían hablar con ella.

–Gracias. Por cierto, ¿está ocupado el apartamento 1601? –preguntó.

–Sí. La reserva ha sido inmediata –exclamó Sally.

–¿Y el apartamento 1801?

–Es el apartamento de Nicole. No creo que quiera dejarlo, pero si recibimos una buena oferta, podemos pensarlo.

–Genial. Me lo quedo. Estaré un tiempo indefinido.

–¿Y qué pasa con Nicole? –Sally hizo un puchero con los labios.

–Yo cuidaré de Nicole –dijo con una sonrisa–. Espero que mis hermanos no resultasen demasiado molestos.

–Me molestaron la vista –arrugó la nariz–. No podía apartar los ojos de sus cuerpos.

–Es una maldición que persigue a la familia –señaló y agarró la dirección de Freddie.

Mientras pasaba de nuevo frente a la valla publicitaria, centró la vista en la carretera y recordó las palabras de su abuela. Bajo ningún concepto debía dejar escapar a la elegida cuando la encontrase. Todavía sonreía cuando Freddie abrió la puerta.

–¡Vaya, menuda sorpresa! –exclamó, pero su voz lo desmentía.

–Hola, Freddie –saludó–. Estoy buscando a Nicole.

–¡Alabado sea el Señor! Acaba de marcharse de vuelta a Mar Brisas.

–¿Hace cuánto que se ha marchado? –preguntó lívido.

–Hará unos diez minutos.

–¿Iba en su coche? –inquirió–. ¿Lleva el Honda rojo?

–Sí, en efecto. Puedes llamarla por teléfono a su móvil.

–No, tengo que encontrarla –dijo–. Gracias, Freddie.

Nicole no permitió que las imágenes de Mac nublaran su mente. Era una tarde de domingo preciosa y el sol brillaba en el cielo azul. Era un día lleno de nuevas promesas. A la mañana siguiente cobraría el cheque en el banco.

Bajó la ventanilla y apretó el botón para abrir la capota del coche. Aceleró en cuanto llegó a la carretera y subió el volumen de la radio. Buscó una emisora, pero sintonizó un sonoro beso. No deseaba eso, así que apagó la radio.

Quería su independencia. Siempre había buscado la soledad y había alejado de sí la posibilidad de que repitiera la pérdida.

Pero ¿acaso no había perdido ya?

Había mucho tráfico, pero la carretera de San José parecía más transitada que otras veces. Se oyeron varios bocinazos detrás de ella. Todo el mundo parecía presa de la impaciencia. ¿Adónde irían?

Regresarían a sus casas, junto a sus seres queridos. Nicole suspiró. No importaba que hubiera cambiado de parecer acerca de vivir en soledad. La única persona que quería no la correspondía. Buscaba otras cosas, distintas a ella.

Giró la última curva y se secó las lágrimas incipientes. No quería entregarse a la autocompasión y...

El arcoiris de letras de colores captó su atención y envió un relámpago de emociones a través de su cuerpo. Miró fijamente ese magma, vagamente consciente de que había pisado el freno, incapaz de sustraerse a la visión de la valla publicitaria.

Era descuidado, poco profesional y el anuncio más maravilloso que había visto en toda su vida. Una mezcla de colores sobre fondo negro.

La Dama de Azul. Y Blanco. Y Rosa. Vuelvo a Mar Brisas y nunca más abandonaré el paraíso. Eres la elegida.

Mac.

Un claxon sonó detrás de ella, seguido del chirrido de los frenos en el asfalto. Pero Nicole se había detenido en seco, incapaz de reaccionar. Se quitó el cinturón de seguridad y puso el freno de mano. Se agarró de la capota y se incorporó en el asiento, ajena a la imagen que pudiera ofrecer al resto del mundo.

–¿Qué diablos está pasando? –gritó alguien detrás de ella.

Una felicidad absurda inundó todo su ser. Ella era la elegida y Mac había regresado a su lado. Un bocinazo insistente se elevó sobre el resto.

–¡Eh, señorita!

Finalmente, se volvió. No podía borrarse esa ridícula sonrisa de los labios.

Y ahí estaba él. Dos coches más atrás, en otro carril. Se había sentado en el reposacabezas de su descapotable y parecía tan ridículo como ella. Mac. Señaló en su dirección con el dedo.

–Tú –deletreó–. Eres la elegida.

Mientras saltaba fuera del coche y avanzaba entre el tráfico, el corazón de Nicole casi dejó de latir en su pecho. Ajena a todo, salió del coche y fue a reunirse con él.

–No puedo creer que hayas hecho algo semejante –dijo riéndose, sin aliento.

–Acabo de componerlo –afirmó con una sonrisa–. El diseño es obra de mis hermanos. Tú eres la única en mi corazón, Nicole. Te quiero.

–Yo también te quiero, Mac –dijo y lo abrazó con desesperación.

Se besaron mientras crecía a su alrededor el caos.

–¡Cásate con ella, amigo! –gritó un camionero.

–Eso tengo en mente –replicó y entonces miró a Nicole con ternura–. Si ella quiere.

Por un instante, ella no contestó. Todo el barullo desapareció en la profundidad de los ojos marrones de Quinn.

–¿Te casarás conmigo, Nicole? –preguntó finalmente.

–¿Y qué hay de Nueva York? –dijo ella–. ¿Tu vida? ¿Tu trabajo?

–Quiero vivir aquí. Y tú eres mi vida –besó su frente–. Y en cuanto al trabajo, ¿tienes pensada alguna contratación en el hotel? He oído que el negocio sube como la espuma.

–Ahora que lo dices, me haría falta un experto

en el tejado –dijo en plena explosión de alegría–. Y un pintor. Y un carpintero. Y un marido.

Se puso de puntillas para susurrarle al oído.

–No se admiten magnates inmobiliarios.

–Entonces, yo soy tu hombre –acurrucó su cuerpo contra su pecho.

Ella descansó la cabeza en su torso y suspiró. No tenía la menor duda. Era el hombre que deseaba. Era su alma gemela.